Tod in der Kuranstalt

Kriminalroman

Wolfgang Lippert
&
Karl Lippert

Herausgeber & Co-Autor: Karl Lippert
Umschlaggestaltung & Buchsatz:
Buchschmiede von Dataform Media GmbH, Wien

Druck und Vertrieb im Auftrag von Karl Lippert:
Buchschmiede von Dataform Media GmbH, Wien
www.buchschmiede.at Folge deinem Buchgefühl!

Besuche uns online

ISBN:
978-3-99152-694-0 (Paperback)
978-3-99152-692-6 (Hardcover)
978-3-99152-693-3 (E-Book)

Printed in Austria

Im Gedenken an meinen viel zu früh verstorbenen

Bruder Wolfgang.

Literaturfeinmotoriker und Humorlogistiker

Vorwort

Mein Bruder ist tot. Diagnose: Schmetterlings-Glioblastom. So ziemlich der bösartigste Gehirntumor, den es gibt. Operation: nicht möglich. Heilungschancen: keine. Statistische Überlebensprognose: im Minimum zwei, bei entsprechender lebensverlängernder Behandlung vierzehn Monate. Konkret hätte das bedeutet: Strahlen- und Chemotherapie mit allen Folgen. Ein Palliativ-Mediziner klärt uns - als nächste Angehörige - auf, was das bedeuten würde: starke Übelkeit, häufiges Erbrechen, Dämmerzustand, Depressionen, das volle Programm. Sehr schnell ist klar, dass wir – das sind seine Frau Helene, die Söhne Manuel und Matthias, meine Frau Heide und ich das nicht wollen. Soweit es noch irgendeine Form von Lebensqualität unter diesen Umständen geben kann, dann nur ohne diese Hammer-Behandlungen. Das wollen wir Wolfgang und uns ersparen. Da er zu diesem Zeitpunkt nicht mehr in der Lage ist, selbst zu entscheiden, entscheiden wir für ihn: keine Lebens- und Leidensverlängernden Maßnahmen, eine rein palliative Begleitung.

So wie mein Bruder gelebt hat, so ist dann auch sein Sterben. Eine seiner zentralen Lebenseinstellungen war, für ein Problem möglichst rasch eine Lösung zu finden. Keine Suche nach Schuldigen, keine langen Fragen nach Ursachen und Hintergründen. Seine Fragen waren: Was ist zu tun, damit es besser wird, gut wird, und welchen Beitrag kann ich dazu leisten? Und dann: Der kürzeste Weg ist eine Gerade! Wolfgang hat für sein höchst persönliches Problem diese Gerade beschritten: Nach nur zwei Monaten unheilbarer Erkrankung hat er am 3. November 2020 diese Welt verlassen.

Der Kontakt zwischen meinem Bruder und mir war über viele Jahre zwar vorhanden, aber – mit wenigen Ausnahmen – nie intensiv auf einer persönlichen Ebene. Zumeist tauschten wir uns über die Erlebnisse in unseren Berufen aus, über unsere Freizeitaktivitäten. Nach dem Tod unseres Vaters im Jahre 2005 verband uns die gemeinsame Sorge um unsere Mutter, dann die gemeinsame Sorge um unsere Wirbelsäulen. Sowohl er als auch ich hatten viele Jahre Basketball gespielt, und im fortgeschrittenen Alter machten sich die zugehörigen Beschwerden bemerkbar. Mehrere Jahre gemeinsamer Physiotherapie stellten unsere Beziehung zwar auf solide Beine, eine gewisse Distanz zwischen uns blieb aber. Nur ein einziges Mal öffnete sich mein Bruder mir gegenüber emotional in einer schweren Lebenskrise. Da bat er mich, den Psychotherapeuten, um Hilfe, zog mich ins Vertrauen. Eine Sternstunde unserer Beziehung, für die ich noch heute dankbar bin.

Eines der wenigen Hobbys meines Bruders war es, Kriminalromane zu lesen. Donna Leon, Wolf Haas, Bernhard Aichner, Eva Rossmann und wie sie heißen – er kannte sie alle. Er verschlang diese Romane förmlich, hatte mehrere hundert Stück davon gelesen. Und eines Tages, bei einem unserer regelmäßigen Abendessen nach absolvierter Physiotherapie-Einheit, eröffnete er mir einen Entschluss: „Weißt du was? Jetzt schreibe ich selbst einen Kriminalroman!“ Dabei leuchteten seine Augen, seine Begeisterung sprang mich förmlich an. Dieses Feuer, diese Form von Energie hatte ich bei ihm noch nie erlebt. Er, der bisher seine gesamte Kraft in seinen Beruf als Top-Manager, in seine Familie investiert hatte, würde jetzt etwas nur für sich selbst machen? Seinen ureigensten Interessen und Neigungen nachgehen? Ich freute mich sehr über seinen Entschluss und bestärkte ihn darin.

Bedingt durch verschiedene berufliche Umstände machte die Arbeit an seinem Roman einmal mehr, einmal weniger Fortschritte. Eine zwischenzeitliche Arbeitslosigkeit nützte Wolfgang, um sich intensiv mit seinem literarischen Vorhaben zu beschäftigen. Es ging viel weiter, doch dann kam der Einbruch. Mein Bruder war sich nicht mehr sicher, ob die Geschichte gut genug sei, hatte das Gefühl, dass ihm die Ideen ausgingen. Ich bot mich an, aus externer Sicht einen Blick auf das zu werfen, was er bisher geschrieben hatte. Er willigte ein und schickte mir das Roman-Fragment unter der Zusicherung, dass ich es niemandem sonst zeigen würde. Ich war hin und weg über das, was er bereits in den PC getippt hatte: über die verschiedenen Handlungsfäden, die er gesponnen hatte; über seine Sprache; über die witzigen Einfälle und Formulierungen; über die Charaktere. Meine begeisterte Rückmeldung im Anschluss an die Lektüre nahm er zwar mit Freude auf, es änderte aber nichts am Status quo: Die veritable Schreibhemmung blieb. Ein neuer, herausfordernder Job verhinderte dann die Weiterarbeit, und er tröstete sich damit, zu einem späteren Zeitpunkt, vielleicht auch erst in der Pension, das mehr als begonnene Werk fertigzustellen. Dazu sollte es nicht mehr kommen.

Am Tag vor seinem Tod besuche ich Wolfgang noch einmal. Er ist verbal nicht mehr erreichbar, er liegt im Bett, die Augen halb geschlossen, dämmert vor sich hin. Ich erinnere mich daran, dass es manchmal möglich ist, mit Sterbenden noch auf nonverbaler Ebene zu kommunizieren. Ich lege seine Hand in meine und fordere ihn auf, wenn er eine Frage von mir mit Ja beantworten könne, mit einem Händedruck zu antworten. „Kannst du mich hören?“ Und tatsächlich, kaum merklich, drückt er meine Hand. Nicht bei jeder Frage gibt es eine Reaktion, aber doch immer wieder. Ich erinnere mich mit Wehmut an seine Aussage einige Wochen zuvor, als ich ihn auf der Palliativ-Station besucht habe. Er ist an diesem Tag relativ gut ansprechbar, reagiert auf mich und das, was ich ihm erzähle. Und er spricht auch von sich aus, mit größter Mühe, offensichtlich eine riesige Kraftanstrengung für ihn. Mit gesenktem Kopf und häufigen Sprechpausen fragt er in meine Richtung: „Weißt du ... was die ... größte Niederlage ... meines Lebens ... ist?“ Auf meinen fragenden Blick hin antwortet er: „Dass ich ... meinen ... Kriminalroman ... nicht ... fertigschreiben kann!“ Nein, das wird sich wohl nicht mehr ausgehen, ich kann ihm das mit Tränen in den Augen nur bestätigen.

Daran erinnere ich mich, und ich stelle ihm die Frage: „Bist du damit einverstanden, dass ich deinen Roman fertigschreibe?“ Und da ist er wieder: ein kaum wahrnehmbarer Händedruck. Ich habe eine schwere Aufgabe übernommen. Als ich die Station spätabends verlasse, weiß ich, dass ich meinen Bruder nicht mehr lebend wiedersehen werde. Die Todesnachricht erreicht uns 24 Stunden später.

Seither sind nahezu drei Jahre vergangen, drei Jahre, in denen ich oft an Wolfgangs Wunsch und seine Erlaubnis, ich möge seinen Roman fertigstellen, gedacht habe. Meine persönlichen Lebensumstände haben das erst jetzt zugelassen. Eine anfängliche Scheu und Skepsis, ob ich es schaffen würde, sind nach und nach einer Zuversicht und Schreibfreude gewichen. Und manchmal, wenn es so gar nicht weitergehen wollte und eine Unsicherheit sich breit machte, kam von irgendwoher der rettende Einfall, und schon flogen die Finger wieder über die Tasten. Vielleicht waren wir ja doch beim Schreiben zu zweit. Oder ich war nur der Botschafter.

Und so verabschiede ich mich ein letztes Mal. Abschied ist kein Zeitpunkt, Abschied ist ein Prozess. Dein Roman ist fertig, Bruder. Ich hoffe, dass ich deinen Ansprüchen gerecht werden konnte. So long, wir sehen uns.

Karl Lippert

Kapitel 1

Hermann

Die Frau hat leicht reden, lebt auf Hawaii und geht jeden Tag ins Wasser mit diesen Fischen herumspielen. Für mich sind es Fische, da können mir alle einreden, dass es Säugetiere sind, alles was im Wasser ist sind Fische und basta. Die Art von Problemen dieser Forscherin möchte ich einmal haben, am Felsen sitzen und die Delfine beobachten, Bücher darüber schreiben und damit reich werden. Die Leute heiß darauf machen, sodass Heerscharen an Touristen dorthin pilgern und auch das Paradies für ein paar hundert Euro oder Dollar pachten wollen. Dann versauen die alle den Fischen das Wasser, machen die Viecher nervös und aus der Traum. Kadaver schauen ist dann an der Tagesordnung. Delfinsichtung am Strand. Da tun sie alles um die armen Halbtoten wieder zurück ins Wasser zu ziehen.

Dann kommen noch die Amerikaner, also eigentlich die US Navy, klingt ja auch gleich viel besser und wichtiger, und besorgen es den Walfischen mit ihren Echolotexperimenten. Der kleine Rest der überlebenden und nicht orientierungslos gewordenen Tümmler wird dann eingefangen und darf in kleinen Becken Luftsprünge für die eher bequemeren Touristen vollführen. Klar doch – das sind die wahren Gewinner unter den Delfinen. Die lächeln in irgendeinem Seeaquarium dreimal am Tag in die Kameras, werden gefüttert, geliebt und haben für den Rest ihres Lebens keine Sorgen mehr. Sind dadurch aber irgendwie pragmatisiert, die armen Kreaturen.

Dann ist es aber an der Zeit für die Frau Forscherin, einen neuen Band über ihre Lieblinge herauszubringen. Rettet die Delfine oder so ähnlich. Und noch ein Bestseller. Reichtum Teil zwei. Vielleicht noch rasch eine Delfin-Stiftung ins Leben gerufen und ein seriöses Spendenkonto über Greenpeace eingerichtet und schon ist das Gewissen – zumindest das eigene – beruhigt.

Natürlich möchte ich auch reich werden, wer will das nicht. Aber nicht auf Kosten dieser Tiere. Außerdem, was könnte mein Beitrag dabei sein? EDV-Programme für die Delfin-Stiftung schreiben? Am Wochenende an der Alten Donau unten am Ufer liegen und auf verirrter, gestrandeter Wal spielen und Spendenzahlscheine verteilen? Zumindest würde ich dann Beachtung finden. Mit ein wenig Glück – ob ich jemals in meinem Leben Glück haben werde? – gäbe es ein Foto von mir in einer kleinformatigen gratis Tageszeitung.

„Menschliche Walattrappe an der Alten Donau sammelt für Greenpeace" – eine wahrhaft vergnügliche Schlagzeile. Lachen würden sie alle über mich, so wie sie es immer getan haben.

Ich denke noch mit Schrecken an die Schulzeit zurück, Hermann Bucher der Dicke, Hermann das Fass. Schlau ist er ja, aber so unförmig. Mein Gott, mit dem möchte ich nicht tauschen! Ihre Augen haben es mir nicht gesagt, ihre Augen haben mich förmlich angeschrien.

Dem braucht der Turnlehrer nicht schwimmen beibringen – Fett schwimmt von alleine. Kindermund. Ach nimm es nicht so tragisch, Hermann!

Oder: Natürlich hast du dich verhört, Hermann. Nein – das hat keiner gesagt. Wir mögen dich so wie du bist.

Wir sind doch Klassenkameraden und müssen zusammenhalten.

Heute noch hasse ich sie alle dafür!

Fünfunddreißig Jahre. Dreiunddreißig davon würde ich nur allzu gerne streichen. Die letzten beiden allerdings nicht. Zwei Jahre harter Arbeit, Aufopferung und die große Chance vor Augen.

Der Plan ist unverrückbar und genial. Niemand und nichts können mich davon abbringen.

Was soll das Gerede von wegen illegal und nicht rechtens? Wer in des Teufels Namen kümmert sich um Gerechtigkeit den Delfinen gegenüber? Ich bin doch auch irgendwie ein Fisch. Zwanzigster Februar, knapp aber doch. Wie komme ich plötzlich auf den Unsinn mit den Sternzeichen?

Hab mir doch schon seit der Zeit, als die Zigeunerin neben meinen Eltern wohnte, geschworen, nie wieder etwas auf Sternzeichen, Kaffeesudlesen, Kartenlegen, Glaskugelbetrug, Orakel oder ähnliche Jahrmarktbelustigungen zu geben. Hat mir diese alte Hexe nicht ein schönes Leben vorausgesagt? Gesundheit, Reichtum und Glück! Hab ihr wahrscheinlich zu viel bezahlt. Die wollte mir nicht die Wahrheit sagen.

Die dachte wohl, ich komme öfter und lasse mir die Illusionen immer wieder für gutes Geld bestätigen.

Recht so, betrügt mich und kassiert! So mache ich es jetzt auch. Hermann geht in Frühpension. Dick, aber reich.

Fettabsaugen, Sonnenstudio, Jahreskarte im Fitnesscenter, Sportwagen, Hawaii, Valentino, Gucci, Rolex, Louis Vuitton.

Hermann dreht sich im Bett zur Seite. Vorbei ist es mit dem Tagträumen. Schade um die Delfine und Hawaii. Unerbittlich holt ihn die Realität des neuen Tages ein. Ein müder Blick auf den Wecker und der Geruch von Kaffee lässt ihn sicher sein.

Gleich passiert es, sie ruft sicher wieder, sie tut es immer, sie kann es nicht lassen. Bitte nicht. Lass es heute einfach sein und verdirb mir nicht den Tag. Es ist schon schlimm genug. Bitte tu es nicht!

Hermann, mein Kleiner, es ist Zeit aufzustehen! Du kommst noch zu spät. Es gibt schon guten Kaffee und Leckereien für mein Dickerchen!

Sie treibt mich in den Wahnsinn!

Ja, Mama. Ich bin so gut wie auf. Bitte nenn mich nicht Dickerchen!

Okay, Bummelchen.

Sehr gnädig – danke.

Zumindest ein Teil meines Traums wird Wirklichkeit werden. Wartet ab. Alles ist möglich!

Kapitel 2

Havlicek

Wenn der Berg nicht zum Propheten kommt, dann muss der Prophet zum Berg kommen, oder irgendwie so. Bei mir heißt das, wenn ich nicht in die Arbeit gehe, kommt die Arbeit zu mir. Ich schaffe es einfach nicht. Ich kann's nicht glauben!

Ich will an einem reißenden Fluss wohnen und nicht an der Alten Donau. Da könnte ich zwar das Hausboot nicht verankern und es würde mir sozusagen das Wohnzimmer unterm Hintern wegreißen, ich hätte aber eine gute Chance, dass mir diese Art der Arbeit davonschwimmt. Aber in Gänsehäufel-Nähe ist das Wasser ungefähr so reißend wie in einem Gelsentümpel in der Lobau, der beliebtesten Natur-Badewanne der Wiener.

Was da einmal still steht, bleibt auch ein Weilchen so.

Einmal habe ich dienstfrei, was heißt dienstfrei, Krankenstand – noch keine zwei Tage, der erste nach zehn Jahren! – und dann kommt mir die Arbeit fast zur Haustür reingeschwommen.

Meine Arbeit ist ca. 1,60 Meter groß, männlich, helle Hautfarbe, also Farbe ist fast schon übertrieben, kreidebleich und aufgedunsen trifft es schon besser.

Im Bericht des Gerichtsmediziners wird stehen, dass die Leiche schon drei Tage im Wasser gelegen haben muss. Die hervorgequollenen Augen und Würgemale am Hals ließen den Verdacht zu, dass da jemand kräftig zugelangt haben musste. Auch mehrere Hämatome im Gesichtsbereich und ein offensichtlich gebrochenes Jochbein stammten vermutlich nicht von einer Schönheitsoperation.

Was genau bewegt einen ausgebildeten Mediziner, der sich in einer Praxis in der Innenstadt ein ruhiges Leben machen könnte und nur ausgewählte Patienten mit kleinen Wehwehchen und großen Geldbörsen in sein Wartezimmer lassen müsste, sich als Gerichtsmediziner solche Sachen derart im Detail und freiwillig anzusehen?

Gernot Havlicek, in deiner mittlerweile zwanzigjährigen Polizeiarbeit als Ermittler bei der Kripo hast du es nicht geschafft, dich an diesen Anblick zu gewöhnen.

Dein Magen reagiert auf diese Art des Aus-dem-Leben-Scheidens wie auf eine zweitägige Reise mit der Achterbahn, auf der zur Verpflegung im Drei-Stunden-Takt Langos und Bier gereicht werden. Gerichtsmediziner sind wahrscheinlich magenmäßig die Reiseleiter solcher Veranstaltungen.

Ich geh einfach vom Boot runter, dreimal um die Ecke zur Telefonzelle und mache auf Rentner, der beim Spaziergang eine Leiche entdeckt hat und den Fund anonym meldet. Sein Hund ist zu Tode erschrocken, als er dem Herrchen das Holzstück aus dem Wasser holen wollte. Dem Hunderl geht's schon besser.

Dem Fundgegenstand unverändert schlecht.

Blaulicht. Kollegen, Feuerwehrtaucher. Chefinspektor Havlicek leider nicht zu Hause, sonst könnte man ja sein Wohnboot gleich zur Einsatzzentrale umfunktionieren.

Nein, das ergibt keinen Sinn. Ich melde es selber und lass mich gesundschreiben, die suchen mich sonst intensiver als den, der die Wasserleiche auf dem Gewissen hat. Also Gewissen kann er ja nicht wirklich gehabt haben, sonst würde er einen Mitmenschen nicht so schlecht aussehen lassen.

Daher Standardprogramm trotz großer Schmerzen im Rücken. Diensthabenden anrufen, Spurensicherung organisieren, große Mannschaft mit Tauchern, Hochschaubahn-Reiseleiter aka Gerichtsmediziner und dann Pressestelle benachrichtigen wegen geordnetem Informationsfluss. Bloß nicht hundert Presseleute am Tatort.

Ich will mein Hausboot nicht wieder in jeder verdammten Lokalzeitung der Stadt sehen. Hab's ja nicht zur Vermietung ausgeschrieben. Ich brauch keine Pilgerfahrten wie zum Hundertwasserhaus, eine der großen Touristenattraktionen von Wien.

Mir genügen noch die ersten paar Monate, als ich vor zwei Jahren als erster Wiener mein Hausboot bezogen habe. Eine kleine Sensation für Wien war das damals. Ich bin praktisch immer nach Hause gekommen, wenn's hell war. Tagsüber nicht erklärungsbedürftig. Nächtens Blitzlichtgewitter – taghell. „Grüß Gott Herr Chefinspektor, wir würden gerne über Sie schreiben! Die Grachten in Wien – Polizei Chefinspektor Havlicek und sein Wohnboot." Ich glaube, nur das Informationsblatt des Tierschutzvereins wollte damals kein Interview mit mir.

Ich rufe jetzt und freiwillig den werten Kollegen Finzinger an. Der steht für Diskretion. Ist zwar sauer auf mich wegen der Beförderung, aber egal. Er hatte so fest damit gerechnet.

„Havlicek, Sie sind einfach meine Wahl!", hat der Minister zu mir gesagt. Und schon war ich einen Freund los. Bis dahin war ich mit Finzinger doch immer bei unserem Lieblingssport – Schach mit den Riesenfiguren im Donaupark.

Herrlich, alles inkludiert: körperliche Ertüchtigung – alleine der Bauer von dem Spiel wiegt drei Kilo, Anregung des Geistes, gute Luft und Verpflegung in der Nähe. Der Erfrischungsstand „Schach Matt" ist das Mekka der Bewohner von Kaisermühlen. Glasweckerl und Burenhaut – Proletenmenü zum Sozialtarif. Die Hautevolee, also die Geldleute, dinieren natürlich über ihnen, oben am Donauturm. First Class mit Überblick übers Leben. Sofern dieses in Wien stattfindet.

Tempo, Herr Chefinspektor, sonst steht im Abschlussbericht vom Gerichtsmediziner: „Leiche lag drei Tage im Wasser und dann hat ihr Chefinspektor Havlicek einen weiteren Tag beim Verwesen zugesehen."

Das kann ich meinem Innenminister nicht antun. Finzinger doch noch als Vorgesetzten zu bekommen, ist auch keine verlockende Perspektive.

Kripo, Einsatzzentrale Donaustadt – was kann ich für Sie tun?

Havlicek meldet sich vom Krankenstand zurück und bringt euch Arbeit, liebe Kollegen. Volle Mannschaft zur Oberen Alten Donau 145. Männliche Leiche im Wasser.

Ja richtig, dort wohne ich.

Nein, Sie Idiot – ich habe es nicht getan! Wie viele Chefinspektoren kennen Sie, die einen Menschen umbringen und dann vor der eigenen Haustür ins Wasser werfen? Dienstnummer, Name und lassen Sie sich morgen einen Termin bei mir geben. Sie haben wohl schon lange nicht mehr als Verkehrspolizist gearbeitet?

Freizeitdetektiv oder urlaubsreif, der Typ. Gernot, bleib ruhig, der Fall hat erst begonnen, außerdem kommt gleich Kollege Finzinger.

Blaulicht, Folgetonhorn und quietschende Reifen. Zuviel Eile für einen Toten. Mein Nicht-mehr-Freund liebt große Auftritte.

Finzinger, ich freu mich dich hier zu haben!

Jeder Mensch hat zwar irgendwo eine Leiche im Keller, aber die da gehört nicht mir, auch wenn der Journaldienst gleich versucht hat sie mir unterzujubeln, um den Fall schon bei der Meldung aufzuklären.

Hast du die Angler mit? Ich möchte die Leiche schnell weghaben, drückt ein kleinwenig auf den Grundstückspreis und auf meinen nervösen Magen.

Meine Aussage kriegst du dann im Präsidium. Ich muss vorher zum Arzt, mein Rücken schmerzt höllisch. Bandscheibenvorfall Nummer zwei hat mich außer Gefecht gesetzt.

Und Finzinger! – bitte keine Titelseite! Ich verlass mich auf dich! Wenn ich mein Hausboot auf einem Tatortfoto finde, dann mache ich eine Galeere draus und du bist Chefruderer und Trommler zugleich!

Kapitel 3

Finzinger

Also Leute, macht euch an die Arbeit, ihr habt ja gehört, der Herr Chefinspektor Havlicek hat es eilig. Suchbereich ist vorerst der Fundort der Leiche und ein Umkreis von 200 Metern. Ich will alles was da unten liegt sehen. Glasscherben, alte Schuhe, Flaschen, Kinderspielzeug und Sachen mit denen man einem den Kopf so herrichten kann, dass er dann Gesicht nach unten zum Herrn Havlicek geschwommen kommt. Ist zwar unwahrscheinlich, dass die Tat hier in der Nähe begangen worden ist, aber wir müssen das zumindest untersuchen.

Ist eigentlich der Gerichtsmediziner schon eingetroffen? Wir sollen nichts angreifen bevor er da ist. Er kommt aber meist erst dann, wenn die Presseleute schon ihre Jausensackerln auspacken.

Oh Verzeihung, Herr Doktor Fellner, ich habe Sie nicht gesehen. Nichts für ungut, ich möchte bloß nicht den Rest meiner Tage auf einer Galeere arbeiten!

Herr Finzinger, wovon sprechen Sie? Tut Ihnen irgendwas weh oder stehen Sie unter Schock wegen der grauslichen G'schicht da im Wasser?

Raus aus dem Wasser mit der Leich' und halten Sie mir Ihre Leute in den nächsten zwanzig Minuten vom Hals.
Ich glaub, sie sind ohnehin beschäftigt – oder sind das da

vorne mit den Kameras japanische Touristen? Havlicek wird sich freuen. Der hat sicher schon die größten Sorgen gehabt, dass sein originelles Domizil in Vergessenheit gerät. Jedenfalls kauf ich mir morgen eine Tageszeitung, wird sicher ein Mordsspaß.

Herr Finzinger, Sie sind anscheinend ein sehr anpassungsfähiger Mensch. Momentan haben Sie eine richtige Leichenblässe angenommen. Oder sind das die Spiegelneuronen. Kleines Polizeichamäleon.

Erzählen Sie den Reportern halt irgendwas von einem ohnmächtigen Schwimmer, den ich zu reanimieren versuche.

Herr Doktor Fellner, so wie der aussieht, finden Sie ja nicht einmal eine Stelle wo Sie Luft reinblasen könnten. Außerdem ist das, was da im Anrollen ist, die Creme de la Creme unserer Gerichtsreporter-Riege. Ist nicht gut die zu reizen.

Schon beginnt eine kleine Flut an Reporterfragen.

Was ist da vorne los, Herr Finzinger? – Wasserleiche?

Nein, wir drehen grad die Österreich-Staffel von Baywatch!

Wer ist der Tote? Was ist passiert? Wann hat man die Person gefunden?

Fünfzehn Uhr!

Wie fünfzehn Uhr? Tatzeit?

Nein – Pressekonferenz. Vorher bekommen Sie von mir leider nichts. Fotos bekommt ihr von unserer Pressestelle.

Das können Sie aber nicht machen mit uns! Pressefreiheit.

Kann ich schon. Polizeiarbeit. Chefinspektor Havlicek und ich sind um fünfzehn Uhr im Presseraum im Kommissariat Donaustadt. Ich danke für Ihr Einfühlungsvermögen. Sollte einer von Ihnen einen auf Paparazzi machen wollen, muss ich wegen Behinderung der Polizeiarbeit aktiv werden.

Kapitel 4

Hermann

Sonnenaufgang in Simmering. Gasometer-Idylle. Zwei große ehemalige Gasversorgungsbehälter der Stadt Wien, umgebaut zu einem Wohn- und Einkaufszentrum, Veranstaltungshalle für große Events inklusive. Architektonisch anregend, zum Wohnen aber eher nicht ganz die erste Wahl. Blick auf die Entsorgungsbetriebe in Simmering und eine Industrieansiedlung. Versuchte Exklusivität. Vorstadt-Leben.

Mutter, es ist unheimlich nett von dir, dass du dir Sorgen um mich machst und dass ich hier wohnen kann, aber ich will nicht das Gefühl haben, dass ich bei den Weight Watchers Quartier bezogen habe. Ich beginne in der nächsten Woche mit einer Diät.

Nenn mich einfach Hermann, zumindest hast du mir ja irgendwann mal diesen Vornamen gegeben. Macht auch Sinn. Kann mich nicht erinnern, dass wir zwischendurch in Sachen Taufe nochmals die Kirche betreten hätten. Bummelchen Bucher klingt nicht wirklich prickelnd.

Tut mir leid, bist halt mein Dicker … entschuldige, ich würde mir leichter tun, wenn du deinen Bauch zumindest unters Leibchen geben würdest. Aber so ist er ja ein richtiges Mahnmal. Hast du heute das Gespräch in deiner Firma wegen des EDV-Leiter-Jobs?

Ja, und ich habe gewichtige Argumente, warum ich diesen Job bekommen muss.

Gewichtig ist gut – ich liebe deinen Humor, Hermann.

Wenn du meinst.

Also ich zieh los. Du brauchst abends nicht mit dem Essen auf mich zu warten. Ich treffe Freunde zum Candle-Light-Dinner in einem McDonald's-Restaurant.

Zahl zwei, iss einen – die Fast-Food-Diät. Ich hätte ja genügend Disziplin. Aber kurz vor dem Bezahlen kommen diese gefährlichen Fragen: Wollen Sie einen Kaffee und Donuts dazu? Vielleicht ein Eis? Großes Cola, große Pommes? Aus, vorbei. Weg ist der gute Vorsatz gesund zu leben.

Du hast keine Chance, die haben auf der Rückseite der Kasse einen Zettel mit den vorgefertigten Fragen. Egal welche Nationalität die Verkäufer haben, egal wie sehr sie unter Stress sind, sie fragen immer und vergessen nichts.

Mein Arbeitszimmer ist übrigens Sperrgebiet. Auf den Computern laufen Programme ab. Es darf nichts unterbrochen werden, sonst waren die letzten vier Nächte, fünf Tage und drei Kisten Energy-Drink umsonst.

Nein, mein Zimmer sieht nicht aus wie ein Indoor-Müllplatz. Ich brauch die Sachen alle. Davon verstehst du einfach nichts. Das ist Elektronik vom Feinsten und Hochtechnologie auf dem letzten Stand. Da würden meine Freunde vom Chaos Computer Club einiges dafür geben. In diesen Geräten steckt mein gesamtes Geld.

Schaffnerlos. Hoffnungslos. Arbeitslos. Rubbellos. U-Bahn-Stimmung in Erdberg.

Ist wahrscheinlich eines der letzten Male, dass ich mit dem Silberpfeil in die Arbeit fahre. Unwürdiges Gefährt für einen reichen Hermann Bucher. Ich hasse es, permanent den Behindertenplatz angeboten zu bekommen, nur weil ich nicht ganz so schlank bin wie die anderen. Ich biete diesen Halbgebildeten doch auch kein Jausenbrot an, wenn sie mir untergewichtig vorkommen.

Ich gehe noch schnell in die Trafik. „Ein Leben lang“, mein liebstes Rubbellos. Jetzt oder nie. Monatlich dreitausend Euro bis ans Ende des Lebens. Geplanter Kriminalfall oder doch schuldbefreite Frühpension? Leidensverlängerung: Drei Euro, Lospreis gewonnen. Also wieder rein in die Trafik. Ein Rubbellos bitte und einen Lottoschein. Quicktipp. Für mich quasi Feldforschung.

Ich verstehe die Leute nicht, die seit vielen Jahren immer die gleichen „Glückszahlen“ spielen und nichts, aber auch rein gar nichts gewinnen. Was ist es, das diese Menschen glauben macht, dass es Glückszahlen sind? Geburtsdatum der Tochter, Hochzeits- oder Scheidungsdatum, Ziffernquersumme der Reisepassnummer, die Hausnummer und die Schuhgröße und schon sind die Weichen zum Millionärsdasein gestellt.

Kein auszahlbarer Gewinn auf dieser Quittung. Mittwoch und Sonntag, zweimal die Woche, ein vertrauter Rhythmus.

Regelmäßig eine kleine Hiobsbotschaft. Aber dazwischen liegt jeweils das Leben. Hoffnung, Träume und die Überzeugung: Das nächste Mal klappt es. Das Spiel bringt auch die Menschen zusammen. Lottogemeinschaften. Da zahlen ein paar grundvernünftige Menschen in einen gemeinsamen Topf ein, um ihre Chancen auf den großen Gewinn zu erhöhen. Bei einer Trefferwahrscheinlichkeit von 1 zu 76

Millionen ein sehr seltsames Ansinnen. Gnade denen, wenn sie einmal gewinnen. Da kennt einer den anderen nicht mehr. Ich spiele lieber alleine. Außerdem ist es bald kein Spiel mehr. Ich gebe die Regeln vor. Ich sage wann. Hermann Bucher hat die Glückszahlen in der Hand.

Eine alte Dame reißt ihn aus seinen Gedanken.

Junger Mann, könnten Sie mir bitte sagen wie spät es ist?

Aber ja doch – es ist in fünf Minuten neun Uhr!

Sehr nett, aber ich habe Sie gefragt wie spät es jetzt ist und nicht in fünf Minuten!

Gute Frau, üben Sie für eine Witze-Show oder wollen Sie mir den Tag verderben?

Ich glaube es einfach nicht. Raus aus dem Abteil.

Es bleibt riskant, jedenfalls. Auch wenn ich es mir nicht eingestehen will, auch wenn mein Plan perfekt ist, irgendwo sitzt vielleicht ein Chefinspektor, der tatsächlich so schlau ist wie seine Serienvorbilder im TV, mit oder ohne Hund. Ohne Hund wird von mir bevorzugt.

Zuerst aber noch Alltag. Karriere. Maskerade. Ich darf auf keinen Fall auffallen. Ich muss meine Rolle als harmloser Verlierertyp weiterspielen. Guten Morgen, Mahlzeit, schönen Abend, schönes Wochenende, bis Montag. Wie geht's den Kindern? Wie war der Urlaub? Ich nehme dir den Bereitschaftsdienst im Rechenzentrum am Wochenende ab, lieber Kollege. Ja natürlich, du weißt doch – kein Problem. Keine Familie, keine Verantwortung, viel Zeit, mache ich doch gern für dich. Nein, nein, ein kleines Bier bei Gelegenheit und wir sind quitt. Viel Spaß!

Hermann, belächelt, geliebt und ausgenützt – Delfinschicksal. Pragmatisierung folgt. Ach ja, mein Traum!

Kapitel 5

Havlicek

Bandscheiben. Gallerte rausgedrückt, bleibt wo sie nicht hingehört. Das geht auf die Nerven. Sofortigen Rehabilitationsaufenthalt verordnet, der Polizeiarzt. Kein Ende des Krankenstandes für Herrn Chefinspektor Havlicek. Die ausgetretene Flüssigkeit der Bandscheibe drückt auf einen Nerv und kann zu Lähmungserscheinungen führen. Havlicek muss an sich selbst arbeiten und Ruhe haben, Finzinger wird den Fall übernehmen und Havlicek als Leiter der Untersuchungen vertreten. Das ist seine Chance. Der Herr Minister wird seine Meinung revidieren müssen. Ein kranker Chefinspektor auf Kur wird den Fall wohl nicht lösen können. Und danach ist seine volle Einsatzfähigkeit auch in Frage gestellt.

Als Spitzenbeamter bekommt man leider sofort einen Termin in der Kuranstalt. Und so lande ich noch am selben Tag in Baden bei Wien.

Vor meinem 45. Lebensjahr heirate ich nicht, vor meinem 60er gehe ich nicht auf Kur. In ein Spital gehe ich aufrecht sicher nicht rein. Jungmann-Phantasien. Ich habe mit 30 erstmals geheiratet, bin vor zwei Tagen ins Spital gelaufen und bin jetzt mit 47 auf dem Weg zur ersten Kur. Na ja, Menschen mit Prinzipien sind mir ohnehin suspekt! Zumindest wurde ich nach fünf Jahren wieder glücklich geschieden.

Bei der Anfahrt in die Kuranstalt verfahre ich mich dreimal in einem Gebiet, das ich eigentlich wie meine Westentasche kenne. Am siebenten Tag der Kur werde ich dann einen Gedankenblitz haben: Bei der Anreise habe ich nicht selbst meinen Krankentransporter gelenkt. Das war eine höhere Macht, die mich von hier weghalten wollte. Mutmaßlich hat mein Unter-Ich einen hellen Moment gehabt. Da ich fallweise aber auch Navigationsgeräte ignoriere, bin ich jetzt da wo ich hingehöre. Punkt.

Der Portier der Dependance des Kurhofs begrüßt mich nicht mit „Grüß Gott" oder mit „Willkommen in der Villa Gutenbrunn", sondern mit einem verschwörerischen Lächeln und den Worten: „Hier Ihr Schlüssel, mit dem können Sie bei uns immer rein und raus!"

Nun ist das wenig überraschend und in Wahrheit das Wesen eines Schlüssels, sonst würde er ja eventuell anders heißen, aber der erfahrene Kurgast erkennt an dieser Stelle sofort, dass er soeben die elektronische Fußfessel abgegeben hat und ein freier Mensch geworden ist, bevor er eingesperrt werden konnte! Kurgäste sind im Normalfall für drei Wochen von der Außenwelt isoliert. Bettruhe zweiundzwanzig Uhr.

Wissend und ebenso diabolisch grinsend sage ich: „Das ist schön, dass es noch solche Schlüssel gibt."

Da der Portier einen kurtechnischen Migrationshintergrund hat, fühlt er sich offensichtlich missverstanden. Sein fragender, ich glaube slowakischer, Blick sagt mir, dass es besser ist, die Kommunikation nicht unnötig auszudehnen.

Ich bin auf dem Set von „Einer flog über das Kuckucksnest" gelandet. Jeder ist der Auffassung, dass er hier fehl am Platz ist, aber alle haben zumindest einen guten Grund.

Strammes Programm steht an. Sechzehn Uhr Sitzplatzzuweisung im Speisesaal. Ein Alleinunterhalter mit Koch-

und Kellnerausbildung spielt sich mit einer Kaskade an Seniorenwitzen in die Herzen der Kurgäste. Der ist cool, cooler, kulinarrisch. Also ich glaube zumindest, dass man so die Steigerungsform macht, wenn man komische Küchenmenschen vorsichtig dem Narrentum zuordnen will.

In dieser Phase kann man gewinnen oder verlieren. Das Los entscheidet Früh- und Spätschicht beim Essen und die Tischnachbarn für drei Wochen. Gnade, ich will wieder auf einen Skikurs der Kindheit, wo man sich die Zimmergenossen aussuchen konnte. Keine Chance. Wir leben im Hier und Jetzt. Und jetzt ist es mir hier leicht übel. Aber sofort verbindet mich mit Helga, Heidi und Sunita ein wichtiger Punkt. Wir freuen uns auf morgen halb acht Uhr und die Begrüßungsrunde mit dem Kurdirektor.

Schnell wird noch in der Kurlotterie gespielt. Kreuzchen gemacht im Spiel 2 x 3 aus je 3 Vor-, Haupt- und Nachspeisen für den Folgetag. Mittag und Abend. Jeder Gast gewinnt, sieht man mal vom Essen selbst ab. Leider ein Spiel ohne Zusatzzahl und nicht alles ist möglich.

Tags darauf, sieben Uhr dreißig, D-Day im Vortragsraum. Nicht zu verwechseln mit irgendwelchen Invasionen. Obwohl, der Andrang, um den Herrn Direktor zu sehen ist schon sehr groß. Director's Day ist so etwas wie Captain's Dinner am Traumschiff, nur ohne Essen und Tanz. Hausordnung. Erstaunlicherweise keine Rettungswesten. Ich würde sofort eine anlegen. Ganz in der Hoffnung, nach einer leichten Bewusstlosigkeit kurbrüchig wieder zu Hause angespült zu werden. Ich vermisse mein Wohnboot bereits jetzt. So verweile ich aber inmitten der andächtig lauschenden Kurgemeinde.

Kaum ist der Direktor bei Punkt neun der Haus- und Kurordnung – Verhalten bei Zuspätkommen zu einem Therapietermin – angelangt, saugt mein unansehnlich dicker Stehnachbar verstärkt Sauerstoff ein, um sich zur ansatzlosen Frage hinreißen zu lassen, „wie es denn mit dem Abmelden am Wochenende und dem Heimfahren zwischendurch aussieht".

Ganz Kurdirektor von Welt dreht sich Herr Spöttke zur Seite und merkt an, dass für besondere Anliegen seine Sprechstunde am Montag von zehn Uhr dreißig bis elf Uhr dient. Das „Ja aber wir haben doch heute schon Dienstag und der Montag ist nach dem nächsten Wochenende" des Kurgastes verebbt mit dessen schwerer Ausatmung.

Ob Herr Spöttke – Nomen est Omen – deshalb spöttisch grinst oder ob er immer so schaut, werde ich im Laufe der Kur sehr genau beobachten müssen. Jedenfalls ist der Kurgast neben mir fürs Erste durchgebucht. Ich greife nach meinem Schlüssel und fühle ein wenig Glück und Macht.

Inhaltsschwer geht die Einführung weiter, gefolgt von einer Runde durch die Etagen der Kuranstalt. Als sich der Herr Direktor nach zwanzig Minuten von seinen Gästen verabschiedet, biegt der letzte Kurgast, eine Dame, gerade um die Ecke und fragt, ob sie etwas Wichtiges versäumt hat. Ich kann sie da aufrichtigen Herzens beruhigen und ihr sagen, dass sie hier sicher nie etwas versäumen wird können.

Eine knorrige kalte Hand legt sich auf die meine und sie sagt: „Sie sind ein guter Mensch, können Sie mich bitte zu meiner Kabine bringen?" Ich übergebe sie an einen Steward, die hier Therapeuten heißen, und gehe rasch Richtung achtern.

In der Hand halte ich noch den soeben erhaltenen Stockwerksplan. Damit wird uns das Auffinden der Therapieräume in den Katakomben der Anstalt sehr erleichtert. Auffällig ist die Vielzahl der eingezeichneten Fluchtwege. Also hat man mit uns doch ein wenig Mitgefühl?! Denn die hohe Anzahl müsste selbst einem Feuerwehrkommandanten übertrieben erscheinen. Ich spüre plötzlich Wärme und Menschlichkeit.

Der Rest des Vormittags gehört Frau Dr. Guter. Haben alle hier sprechende Namen? Also gegendert müsste sie doch Dr. Gute heißen. Ich spreche sie nicht darauf an und genieße die Tatsache, dass sie eine gute Ärztin sein dürfte. Sie überfliegt den von mir vorgelegten Befund des Krankenhauses in Wien. Zweifacher Bandscheibenvorfall im Lendenwirbelbereich. Patient spricht auf konservative Therapie gut an. Tangierung des Nervs ist jedoch mit großer Aufmerksamkeit zu beobachten.

Nachdem ich auf den Fersen und Zehenspitzen stehen und gehen kann, das Ganze auch rückwärts, stuft sie mich dennoch als einfachen Fall ein und stellt ein esoterisches Programm für mich zusammen. „Kohlensäurebad", „Kräuter wenn's wo weh tut" und „progressive Muskelentspannung" sowie ein Vortrag „Die Kur aus der Sicht des Arztes". Wahrscheinlich zeigt uns da der Arzt dann seine Kontoauszüge. „Schwellstrom" wird sicher auch spannend. Ein bisschen Respekt habe ich da schon vor einem Schwell-Körper. Quasi wenn diese Art von Strom dazu führt, dass mein Körper oder Teile davon anschwellen. Vielleicht überinterpretiere ich aber auch nur. Oder Frau Doktor Guters überaus hübsche Erscheinung lässt meine Gedanken einfach verrücktspielen.

Der Therapieplan ist fertig. Ich würde lieber meinen Mordfall lösen. Finzinger hat mir den Bericht der Gerichtsmedizin bereits übermittelt. Der Tod wurde durch mehrere Schläge auf Kopf und Gesicht und darauffolgende Unterbrechung der Sauerstoffzufuhr vulgo Zudrücken des Halses herbeigeführt.

Kapitel 6

Hermann

Herr Ing. Bucher, nehmen Sie bitte Platz. Wie geht es Ihnen? Ihre Leistungen der letzten beiden Jahre waren hervorragend, Ihr Einsatz für unser Rechenzentrum vorbildlich. Die Geschäftsleitung und der Vorstand unserer Holding sind sich darüber einig, dass Sie eine Beförderung verdient haben. Der Posten des EDV-Leiters soll einer fachlich bestens qualifizierten Person übergeben werden. Wir sehen in Ihnen eine gute Wahl. Leider ist da noch etwas, das uns Sorgen bereitet.

Hermann zuckt innerlich zusammen, der Schweiß bricht ihm in der Sekunde aus und sein Herz beschleunigt spürbar, fast schon schmerzhaft. Er fühlt sich entlarvt. Hat man seine Spuren im Netzwerk der Server doch nachvollziehen können? War er unvorsichtig? Seine Gedanken spielen verrückt. Wo ist es passiert? Hat ihn jemand beobachtet oder waren seine vielen freiwilligen Dienste doch zu auffällig? Sein Schichtleiter im EDV-Zentrum ist ihm mehr als einmal heimlich gefolgt. Hermann hat ihn stets ignoriert und so getan als würde er das nicht wahrnehmen. Nur noch weit im Hintergrund hört er die Stimme seines Vorgesetzten. Zuviel läuft in seinem Kopf ab, als dass er dem Gespräch, genau genommen dem Monolog seines Chefs, folgen kann. Aber er hört noch, wie dieser von seinem ersten Tag im Unternehmen, Hermanns positiver Entwicklung und seiner außerordentlichen Teamfähigkeit und Einsatzbereitschaft spricht.

Entwarnung.

Herr Bucher, wir wünschen Ihnen in dieser Zeit alles Gute, und kommen Sie gesund und schlank zurück. Nach dem Sommer werden Sie dann in Ihrer neuen Funktion den Kollegen vorgestellt.

Hermann wird jäh in die Realität zurückgeholt.

Er geht aus dem Zimmer seines Chefs und sieht im gleichen Moment in die Augen der Chefsekretärin. Sie steht auf und übergibt ihm ein Kuvert. Er bedankt sich mit einem gekünstelten Lächeln, hat er doch keine Ahnung, was das alles zu bedeuten hat.

Er öffnet mit zittriger Hand den Brief. Auf schnörkeligem Papier steht in kunstvoller Schrift:

„Direktor Spöttke freut sich, Sie in seiner Kuranstalt begrüßen zu dürfen, und hat mit seinem Team für Sie eine angenehme Schlankheits- und Entschleunigungskur vorbereitet."

Hermanns Knie werden weich. Die gute und die schlechte Nachricht. Beförderung ja, aber er wird von seinem Arbeitsplatz für die nächsten drei Wochen entfernt. Verweigert er den bezahlten und gut gemeinten Kuraufenthalt, ist er die längste Zeit auf der Lohnliste seiner Firma gewesen. Toppositionen sind nur für körperlich fitte Manager.

Er benötigt aber noch eine Zeit lang den unmittelbaren Zugriff auf die Rechnersysteme. Er kann jetzt nicht weg. Nicht kurz vor dem Ziel. Sein Plan ist in Gefahr. Er braucht noch Zeit.

Er dreht sich um, sieht seinen nachdenklichen Chef in der offenen Bürotür und bedankt sich mittels kurz angehobener Hand und einem weiteren Lächeln. Niemand soll Verdacht schöpfen.

Das war wohl in seinem bisherigen Leben die charmanteste Art gesagt zu bekommen, dass er zu dick ist. Eine Abmagerungskur im Tausch zum Karriereschritt.

Hermann wird das tun, was er in seinem bisherigen Leben immer gemacht hat. Gute Miene zum bösen Spiel. Darauf ist Hermann spezialisiert. Er wird eine Lösung finden, um seinen Plan nicht zu gefährden. Fettabsaugen stand zwar erst später auf seinem Plan, aber da war er natürlich flexibel, wenn es der Sache dient.

Bereits am nächsten Montag ist er auf dem Weg zur Kuranstalt in Baden.

Beamte und Privatpatienten kommen immer rasch zum Zug.

Kapitel 7

Havlicek

Ich liege im Bett, völlig fertig von einer Mixtur aus Heiterkeit und einer gewissen Nachdenklichkeit. Meine Bandscheiben schmerzen sehr. Habe ich das soeben richtig verstanden? Seite vier in meiner Therapie-Mehrfach-Klappmappe mit eingeheftetem Therapieplan.

Ich lese bereits zum wiederholten Male:

„Ihr ganzheitliches Wohlbefinden liegt der Kuranstalt am Herzen! Wir schenken Ihnen diesen Kurhof-BONUS für Ihre persönliche Freizeitgestaltung. Sie können damit einmalig während Ihres Aufenthaltes eine Abänderung Ihres Therapieplanes vornehmen. Name, Datum, Unterschriften und eingelöst am.

Fußzeile: Gültigkeit: Gegen Vorlage in der Therapieverwaltung. Einmalig während der Aufenthaltsdauer und nach Absprache mit der Therapieverwaltung. Gültig von Montag – Freitag."

Direktor Spöttke ist doch ein guter Kerl!

Jetzt ist der Kurhof landesweit für seine Großzügigkeit und Menschlichkeit bekannt. Aber diese große Bereitschaft gut zu seinen Kunden zu sein bringt mich aus der Fassung. Unbürokratisch mit einem Gutschein. Eloquent und in seiner Auswirkung unglaublich. Er zaubert den Menschen damit ein Lächeln ins Gesicht.

Ein bisschen schwer dürfte sich Herr Spöttke mit dem Text aber schon getan haben. Er sagt nicht wie es ist: Wir streichen Ihnen ein paar Anwendungen, damit Sie in Freiheit wieder Kraft tanken können. Nein, er spricht nahezu diplomatisch von einer Abänderung des Therapieplans. Fast schon als täte ihm seine Spendierlaune leid, verweist er für die Gäste mit einer langen Reizleitung in der Fußzeile abermals auf die absolute und unumstößliche Einmaligkeit der Bonus-Aktion. Ich hätte ihm auch den Passus „gültig Samstag bis Sonntag“ zugetraut. Aber das wäre dann doch des Guten zu viel gewesen.

So werde ich Direktor Spöttke immer in guter Erinnerung behalten.

Am Nachmittag sehe ich beim Einkauf von Getränken und Obst meinen dicken Stehnachbarn vom gestrigen D-Day im Copy Shop. Er fuchtelt verschwörerisch mit der jungfräulichen Therapiemappe herum und will den dortigen Ferialpraktikanten offensichtlich zu einer strafbaren Handlung verführen. Ist es wirklich strafbar, einen Gutschein des Kurhofs zu fälschen, indem man mehrere Kopien davon anfertigt?

Kapitel 8

Finzinger

Finzinger geht in Arbeit unter. Havlicek ist im falschen Moment zur Kur abgetaucht. Noch ist die Wasserleiche im Kühlraum der Gerichtsmedizin und wartet auf die Freigabe zur Bestattung, schon muss er sich um einen Neuzugang kümmern.

Ein Notruf geht in der Einsatzzentrale ein. Eine völlig hysterische Stimme gibt in kurzen Worten eine Adresse durch, die Finzinger nur allzu gut kennt. Wohnt er doch seit geraumer Zeit in der Nähe dieses Gebäudes. Die Wiener Lottozentrale am Rennweg ist offensichtlich Ort eines grausigen Ereignisses geworden.

Männliche Leiche, am Gehsteig vor dem Haupteingang. Die Empfangsdame im Bereich des Foyers sitzt Minuten nach ihrem Anruf bei den Einsatzeinheiten noch immer starr auf ihrem Bürostuhl und ist nicht ansprechbar. Das Schnurlostelefon hält sie krampfhaft fest. Das Freizeichen hört sie längst nicht mehr. Sie ist wie in Trance.

Sie ist unmittelbare Augenzeugin des Aufschlags ihres Kollegen geworden. Gestern noch war sie mit ihm auf der gemeinsamen Heimfahrt mit der U-Bahn in Vorfreude auf ihren nahenden Urlaub. Er hat von seiner großen unerfüllten Liebe erzählt. Details wollte er aber nicht preisgeben.

Ein netter Kollege. Anders als die anderen, aber eben nur nett. Er hat die U-Bahn etwas früher als sie verlassen und ist nachdenklich in Richtung Ausgang geschlendert.

Jetzt kann man über das Aussehen einer Wasserleiche sagen was man will, aber ein Sprung vom achten Stock eines Gebäudes und der ungebremste Aufschlag des Opfers auf dem Asphalt verlangen dem Betrachter des Bedauernswerten schon auch einiges an Abgebrühtheit ab. Die beiden gleichzeitig eintreffenden Notärzte reißen sich nicht unbedingt um die Erstversorgung. Der Begriff ist in diesem Fall auch völlig unzutreffend. Da gibt es nichts mehr zu tun für einen Arzt. Letztversorgung durch die Herren von der Gerichtsmedizin. Schwarzer Sack und dunkelgraues Auto. Vorläufige Endstation.

Ein weiterer Anruf macht Finzinger Probleme. Als ob es nicht reichen würde. Eine der Stimme nach ältere Bewohnerin eines der angeblich der Lottozentrale gegenüberliegenden Mehrparteienhäuser teilt in einem kurzen Telefonat mit, dass sie das Opfer kurz vor dem Sturz mit einer zweiten Person auf der kleinen Terrasse im achten Stock gesehen habe. Sie selbst hat den Sturz nur durch einen Vorhang ihres Wohnzimmers beobachten können.

Wenn jemand gestoßen wird, bevor er springt, könne das doch auch Mord sein? – fragt sie und legt auf. Rufnummer unterdrückt. Anruf von einem Prepaid-Telefon getätigt. Daher eine Rückverfolgung der Anruferin nicht möglich. Ältere Menschen lieben die Anonymität. Geheimnummern und ein kontrollierbares Guthaben.

So kurz vor dem Wochenende ist das für Finzinger einfach zu viel. Zwei Tote, sein Chef im Krankenstand und eine anonyme Anruferin, die einen vermeintlich einfachen Selbstmord unnötig verkompliziert.

Finzinger hat sich alles so schön ausgemalt. Havlicek auf Kur. Er löst den Fall des Toten in der Alten Donau in aller Ruhe und kann wieder auf sich aufmerksam machen.

Eine erste Spur in die Slowakei hat er schon gefunden. War der Tote doch so entgegenkommend und hatte einen Autoschlüssel bei sich, den die Kollegen in akribischer Kleinarbeit einem als gestohlen gemeldeten Kleintransporter zuordnen konnten. Slowakisches Kennzeichen, eingeparkt ganz in der Nähe des Fundortes der Leiche. Das Fahrzeug soll jetzt untersucht werden und er hat Grund zur Annahme, dass auch Fingerabdrücke und eventuelle Zahnabgleiche des Opfers seine Arbeit erleichtern werden. Er jedenfalls hatte das als Erfolg gesehen und war gedanklich bereits im Wochenende.

Jetzt heißt es aber von Haus zu Haus gehen und die nette alte Dame ausfindig machen. Alles andere würde seiner Karriere wieder einmal im Wege stehen.

Klinkenputzen ist der polizeiliche Fachausdruck für seine Suche nach einer in den umliegenden Häusern wohnenden Person. Genau das wird jetzt seine Wochenendbeschäftigung. Ganz rasch muss herausgefunden werden, ob es sich um einen Selbstmord handelt oder ob das Opfer höchst unfreiwillig von dieser Welt gegangen ist.

Kapitel 9

Havlicek

Am vierten Tag bei konstanten 35 Grad in den Therapieräumen wird mir bewusst, was die Leute mit „Kurschatten" meinen und warum die Sehnsucht danach so groß ist! Es sind offensichtlich nicht die möglichen Partner des anderen Geschlechts, die man aus Langeweile sucht. Wie viel bin ich selbst schon bereit für einen kühlenden Schatten zu geben!

Nur schwer ist die Art der Kommunikation zu beschreiben, die manche bei dieser Hitze führen. Man grüßt sich kaum in den Gängen der Kuranstalt, manche sehen sich nur völlig fertig und wissend an und sagen:

Strom?

Nein, Moor!

Dazu muss man wissen, dass beide weder Strom noch Moor heißen.

Die Hitze lässt die Leute auch schneller leben. Geht nach zwei Minuten über der geplanten Zeit die Tür zum Therapeuten für sie nicht auf, ist die Hölle los. „Hoffentlich komme ich in den drei Wochen noch dran!" machen sich die Leute mit dem Cerebral-Schatten lautstark bemerkbar.

Das sind dieselben, die beim lustigen Tanz am Abend im Kurpark heftig zu rufen beginnen, wenn der Musikant wegen der Nachtruhe pünktlich Schluss macht. Plötzlich hätte man alle Zeit der Welt. Ist wohl eine von der Krankenkasse bezahlte Schulung zur Relativitätstheorie. Die Wartezeit vor dem Therapieraum ist eine andere als die in der Sternschnuppennacht!

Ich sitze lieber im Schatten der Parkbäume als vor der Lautsprecherbox. Dort ist der Wahnsinn Programm. Für diese Art der Musik und des Tanzes gibt es in der Anstalt leider keine Therapieform. Oder doch? Impulsgalvanisation statt Impulstanz?

Ach ja, heute ist italienischer Abend im Kurpark. Köstlichkeiten aus dem Friaul und Schnulzen geben sich ein Stelldichein. Da wachsen die Gigolos aus jeder Moosflechte heraus.

Die Dichte der Personen, die einen „Schatten" haben, ist hier möglicherweise am größten. Brünftige Märchenprinzen aus dem Bezirk geben ihr Bestes. Vermutlich auch deshalb, weil sie ahnen, dass ihre Beute nicht in der Lage ist, im Bedarfsfall vor ihnen zu flüchten.

Finzinger. Heute hat er mich verzweifelt angerufen und um Hilfe ersucht. Ein Selbstmörder, der angeblich gestoßen wurde, macht ihm Kopfzerbrechen. Der Bedauerliche konnte seinem Jäger auch nicht mehr davonlaufen. Aber gibt es überhaupt einen Jäger? Vierzig Wohnungen in der Umgebung hat er besichtigt, ohne dass er jetzt für ein Immobilienbüro arbeiten würde. Keine ältere Dame weit und breit, niemand, der etwas gesehen hätte. So verzweifelt war mein Freund zuletzt nur, als ich ihn dreimal in Serie schachmatt gesetzt habe. Wie lange ist das schon her, unsere gemeinsame Zeit im Donaupark beim Riesenschach!

„Finzinger, du schaffst das schon!", habe ich zum Schluss unseres Telefonates gesagt und aufgelegt.

Zeitlebens nennt ihn jeder Finzinger. Auch als wir noch gute Freunde waren, habe ich ihn nur Finzinger genannt. Das Du haben wir dann auch nach der Sache mit der Beförderung als kleines Relikt aus der guten alten Zeit beibehalten. Kaum jemand kennt seinen Vornamen. Er verschweigt ihn aber auch bewusst, wo immer möglich. Seine Eltern, beide aus Norddeutschland, haben wohl keinen guten Tag gehabt, als sie sich für Rolaf-Schwiedhard entschieden haben. Das prägt ein Kind fürs Leben. Als er in Wien Fuß fasste, manche behaupten, es sei das Ende einer Flucht gewesen, hat er für sich beschlossen, den Vornamen zu ignorieren. Stellt er sich vor, murmelt er immer etwas, das dann mit Finzinger endet. Er hat als Einziger durchsetzen können, dass sein Büroschild nur mit R.S. Finzinger bedruckt wird.

Kapitel 10

Havlicek

Viele ältere Menschen sind gläubig. Verständlich, je näher man der Ungewissheit „der Zeit danach“ kommt, umso eher will man es sich nicht mit einem etwaigen doch vorhandenen Schöpfer verscherzen.

Also nimmt man Gesichtsbäder in Kirchen und Kapellen, wo der Herr angeblich Gucklöcher hat, um seine Schafherde zu beobachten und zu zählen. Der Besucher kann dort also Hoffnung schöpfen. Auch deshalb, weil es sich meist um kühle Orte handelt. Die Hölle ist nämlich, wie wir gelernt haben, draußen vor der Eingangstür – auch heute wieder 35 Grad im Schatten.

In meiner Kuranstalt ist das jetzt so gelöst, dass es eine Anstaltskapelle gibt. Quasi göttliche Peepshow.

Manche Kurgäste haben schon auch Erscheinungen, die aber zu fast hundert Prozent dem Alkohol zuzuordnen sind.

Ab elf Uhr dreißig gibt es im Anstaltscafé offiziell erst Alkohol zu kaufen. Aber der Kellner an der kleinen Bar hat einen Trick. Er schenkt schon ab cirka neun Uhr Alkohol aus und boniert das erst um elf Uhr dreißig. Der Kassenstand ist dann sicher originell. Punkt elf Uhr dreißig scheinen 25 weiße Spritzer und 15 kleine Bier im Terminal auf. Ganz so, als würde soeben eine Gruppe Alkoholiker mit einem Schlag bestellt haben.

Nicht mein Bier, er wird das schon irgendwie erklären können, wenn jemand Verdacht schöpft – nämlich einer mit einem irdischen Guckloch. Ich bin Chefinspektor in der Mordabteilung und nicht verlängerter Arm der Kurdirektion.

Um in die besagte abgelegene Anstaltskapelle zu gelangen, hat sich der Herrgott etwas Besonderes ausgedacht. Man erreicht sie nur über sechs Stufen, die nach unten gehen. Man sagt ja, Gottes Wege sind unergründlich. Warum gibt es just in einer Kuranstalt diesen Zugang nur mit Stufen? Für mich ist das eher ein Stairway to hell.

Zu Gottes Sohn kamen Lahme und konnten danach wieder gehen.

Hierher kommen Lahme und können nachher noch weitaus weniger gehen. Am Sonntag ist Hochbetrieb.

Ich sehe viele verzweifelte Gesichter, die sagen: „Ich komme ja leicht runter, aber wie schafft das mein Rollator?"

Fazit: Die, die unten ankommen, sitzen nicht zur Rechten des Vaters, sondern im Pflegestützpunkt der Anstalt, Zimmer 3 – Orthopädie.

Genau an diesem ersten Sonntag meiner Rehabilitation hat es, wie durch ein Wunder, eine gottesfürchtige alte Dame geschafft, die Stufen zur Kapelle zu überlisten. Noch nie hat sie ihren Sonntagsbesuch in der Kirche versäumt.

Als sie die Kapelle betritt, folgt ein markerschütternder Schrei. Am großen Holzkreuz hängt nicht wie seit vielen hunderten Jahren Gottes Sohn, sondern mein slowakischer Portier. Nackt. Sein verschwörerisches Lächeln hat er verloren, sprechen wird er nie wieder. Um seinen Hals ein Kettchen mit einem kleinen goldenen Schlüssel. Das ist weit mehr als ein Mord, das ist eine Inszenierung, eine makabre Botschaft.

Kapitel 11

Havlicek

Einen Arzt in einer Kuranstalt zu finden sollte im Normalfall kein Problem darstellen. Einen zu haben, der sich mit Gekreuzigten und deren eventueller Wiederbelebung auskennt, ist definitiv schwieriger.

Frau Dr. Guter hat Bereitschaftsdienst und ist, obwohl es ja nicht mehr sonderlich eilt, innerhalb kurzer Zeit in der Kapelle. So etwas lernt man in keiner Notarztausbildung und gehört nicht zum Alltag einer Kurärztin. Sie geht aber mit großer Gelassenheit ans Werk und lässt den armen Kerl von zwei Therapeuten vom Kreuz nehmen. Im Hauptberuf Masseur und Fitnesstrainer, strotzen sie vor Kraft und schaffen es leicht, den Unglücklichen abzunehmen.

Als Chefinspektor hat man anscheinend den Fluch immer nah am Ort des Geschehens zu sein.

Ich lese gerade die Veranstaltungen der nächsten Woche auf dem schwarzen Brett, als der Schrei der alten Dame die Lobby erschüttert. Mein Rücken erlaubt zwar keine großartigen Sprints, ich erreiche aber innerhalb kurzer Zeit den Eingang zur Kapelle. Sauge die makabren Bilder in mich auf und versuche mir Details einzuprägen. So wie ich das immer mache. Routine. Mein sehr starkes, gelegentlich nahezu perfektes visuelles Gedächtnis hat mir schon oft bei der Klärung von Fällen geholfen.

Die Wiederbelebungsversuche bleiben, wenig überraschend, ohne Erfolg. Eine Auferstehung ist in diesem Fall nicht zu erwarten. Ich ersuche die Ärztin und die Therapeuten, den Raum zu verlassen, um der Spurensicherung den Fundort der Leiche nicht gänzlich zu verunreinigen.

Nach einem kurzen Telefonat mit den Kollegen in Baden ziehe ich mich auch aus der Kapelle zurück, warte auf die Tatortgruppe und blicke zur Kurärztin, die mir gegenüber nachdenklich zum Kapellenabgang sieht.

Warum wird mir jedes Mal, wenn ich diese Frau sehe, unglaublich heiß und mein Blutdruck steigt?! Selbst in dieser Situation, eigentlich völlig unpassend, rast mein Herz und ich kann den Blick nicht von ihr abwenden. Sie bemerkt meine Reaktion, errötet und geht engelsgleich in das Kurcafé. Meinen Schmetterlingen im Bauch ist das egal, sie flattern fröhlich weiter und in Gedanken ihr hinterher. Ein schönes Gefühl, das ich seit meiner Scheidung so nicht mehr spüren durfte.

Die eintreffenden Kollegen werden rasch von mir ins Bild gesetzt und beginnen ihre Routinetätigkeiten. Spurensicherung, Befragung der Kurgäste und erste Untersuchung der Leiche durch die Gerichtsmedizinerin. Als höchst erfreuliche Alternative zu ihrem Wiener Kollegen Fellner arbeitet sie wortkarg und genau, gibt klare Anweisungen und ist nach kurzer Zeit mit ihrer Arbeit fertig.

Da an einem Sonntag nur sehr wenige Patienten im Haus sind, ist sowohl die Befragung zügig erledigt als auch die Zahl der Schaulustigen gering. Auffällig benimmt sich nur mein Stehnachbar vom D-Day und mittlerweile, nach meiner Übersiedlung ins Haupthaus, auch Zimmernachbar. Er, der eigentlich immer außer Haus sein wollte und den Direktor gleich zu Beginn nach den Freistellungszeiten gefragt hat, ist an einem Sonntag anwesend. Als Hermann hat er sich kürzlich bei mir vorgestellt, als wir gemeinsam einen Vortrag über richtige Diät besucht haben. Etwas abgenommen hat er und wirkt fahrig und verstört. Das Glas Alkohol in seiner Hand zittert im Rhythmus seiner Hand.

Kapitel 12

Hermann

ENTSCHLEUNIGUNG. ENTSCHLACKUNG. So ein therapiefreier Sonntag in der Kuranstalt hat schon was. Die Zeit bleibt stehen oder vergeht zumindest gefühlt so langsam, dass ich die Leute in Zeitlupe an mir vorübergehen sehe.

Sie wirken dadurch zwar sehr langsam, aber irgendwie auch weicher in den Bewegungen. So als würden sie jede Bewegung genau überlegen. Als ich den ersten Gast mit einer tiefen, tempomäßig ebenfalls gedrosselten Stimme höre, werfe ich aber dann doch einen Blick in mein leeres Glas Aperol Spritz. Verabreichen die hier Sedativa als Fluchthemmer?

Nein, für sowas gibt sich Direktor Spöttke sicher nicht her.

Ich bin am heutigen Sonntag jedenfalls in der Kuranstalt geblieben, um dem Tempo der Außenwelt zu entrinnen. Ich bin ein Opfer der modernen Welt, der Hektik, des Internet-Wahnsinns. Nachrichten gehen in einer Rasanz um die Welt, dass man kaum mehr Schritt halten kann. Stress. Überlastung. Druck. Ich habe schon E-Mails bekommen, die der andere noch gar nicht abgeschickt hatte. Da würde sogar Einstein staunen. Das kann keine seiner Formeln abbilden, auch wenn sich der Raum noch so sehr krümmt.

Die an mir vorbei zeitlupenden Patienten sehen mich fragend an. Ob die mich auch langsamer sitzen sehen?

Ich drifte mit meinen Gedanken wieder ab.

Doppelpack. Nein, ich schau nicht Fußball, mir fällt nur auf, dass viele KÜPs dabei sind. Ein internes Kürzel, das wie ich gelernt habe für Kur-Überbrückungs-Partner steht.

Menschen, die sich zusammengefunden haben, um sich gemeinsam gegen die Fadesse der Kur zu stemmen. In sehr vielen Fällen sind das durchaus platonische Interessensgemeinschaften in Einheiten zu zwei Personen. Ist es nur eine Frage der Zeit, bis sich daraus dann Kurbeziehungen entwickeln?

Ich öffne meinen Laptop, um dieses Kur-Phänomen für mich zu klären.

Ich lese in Wikipedia nach und definiere das Erlebte vorerst wie folgt:

Stockholm-Syndrom: Die Entführte verliebt sich in den Entführer.

In erster Linie manifestiert sich die Wahrnehmungsverzerrung, die zum Stockholm-Syndrom führt, darin, dass die subjektive Wahrnehmung der Geisel nur einen Teil der Gesamtsituation erfassen kann. Das Opfer erlebt eine Zurückhaltung der Einsatzkräfte vor Ort, es fühlt sich mit zunehmender Dauer der Entführung allein gelassen. Dagegen wird das Agieren der Geiselnehmer überproportional wahrgenommen, schon kleinste Zugeständnisse (das Anbieten von Nahrung, auf die Toilette gehen lassen oder Lockern von Fesselungen) werden als große Erleichterungen empfunden. Das Opfer erlebt eine Situation, in der es ausschließlich „Gutes" von den Geiselnehmern erfährt. Es kommt zu der für Außenstehende subjektiv nicht nachvollziehbaren Folge, dass ein Opfer mehr Sympathie für seine Peiniger empfindet als für die rettenden Einsatzkräfte.

Kur-Syndrom: Der von seinem normalen Umfeld Entfernte verliebt sich in seiner Zwangsheimat?

Also eine ganz normale Wahrnehmungsverzerrung! Die

Geisel, hier der Patient, wird von der Zurückhaltung seiner Therapeuten – Einsatzkräfte – irritiert und fühlt sich allein gelassen. Die Geiselnehmer (zum Beispiel Tischnachbarn oder Wartende vor den Therapieräumen) sind gut zu einem. Sie essen mit dir. Sie lassen dich ohne weiteres aufs Klo gehen. All das, speziell Letzteres, wird als Erleichterung wahrgenommen und schon empfindest du plötzlich Sympathie.

Ich nehme noch einen Aperol Spritz. Aus zwei Gründen. Die Zeitlupe gefällt mir. Das Tempo ist weg.

Und dann will ich mir auch morgen noch meine Verwirrtheit mit dem Übergenuss an Alkohol erklären können.

Mein Plan geht nicht so rasch voran. Ich brauche eine Lösung. Ich muss meine wichtigste Infrastruktur in die Kuranstalt bringen. Hermann Bucher muss seinen Plan umsetzen. Ich kann mich hier nicht einfach mit Alkohol betäuben.

Ein Blaulicht reißt mich aus meinen Gedanken.

Das Leben nimmt wieder Fahrt auf. In diesem Fall aber durch den Tod. Mein slowakischer Partner ist tot in der Alten Donau gefunden worden. Die Presse spricht von Mord.

In der Anstaltskapelle wird ein Gekreuzigter entdeckt. Mein Zimmernachbar entpuppt sich als Chefinspektor der Kripo Wien und beobachtet mich während des Abtransportes der Leiche. Gernot Havlicek, einsamer Wolf und Enfant Terrible der Mordkommission Wien. So schreiben die Zeitungen über ihn. Zahllose Einträge im Netz zu seinen Erfolgen und seiner originellen Bleibe, einem Hausboot an der Alten Donau. Er mit seinen ungewöhnlichen Ermittlungstätigkeiten selbst oft am Rande der Legalität. Dabei hat er letztens beim Diätvortrag doch so harmlos gewirkt.

Hermann, gib Acht! Da droht möglicherweise Gefahr.

Kapitel 13

Havlicek

Vorbei ist es mit dem normalen Kuralltag. Einige Kurgäste sind panikartig abgereist. Niemand von ihnen möchte dem Tod schon so nahe sein. Dient doch eine Kur dazu, das Leben zu verlängern. Indirekt einer Kreuzigung beizuwohnen ist wohl manchen zu viel gewesen. Die restlichen Gäste diskutieren mit ernster Miene über den makabren Fund.

Die Sprechstunde von Direktor Spöttke ist ausgebucht. Er ist bemüht, die verbliebenen Gäste zu beruhigen und beruft sich darauf, dass dies der erste unnatürliche Tod während seiner gesamten Amtszeit sei. Die erstaunten Blicke seiner Gesprächspartner drücken aus, dass es nicht das ist, was sie hören wollten. Feingefühl dürfte nicht Direktorensache sein.

Ich versuche mich abzulenken. Finzinger löst die Fälle in Wien, hier werden meine Kollegen aus Baden eine rasche Aufklärung des spektakulären Mordes vorantreiben. Kein Zweifel.

Mein Montag beginnt dann mit der Fisch-Perspektive. Nicht weil ich mich schon wie ein Fisch im Wasser fühle, sondern weil man uns in ein Aquarium wirft und mit uns Übungen macht. Auf einer dünnen Styroirgendwas-Wurst sitzend, die an den Enden nach oben gebogen ist und allen Ernstes im Fachjargon Nudel genannt wird, gehen wir im Becken herum und sehen wie Seepferdchen aus. Man gönne mir diese künstlerische Verhübschung. Es gibt Tiere, denen wir ähnlicher sehen. Man denke bloß an die Pferdchen aus dem Nil. Hermann Bucher, der anscheinend einige Therapien zeitgleich mit mir eingeteilt bekommen hat, trägt das seine dazu bei.

Unterwasser-Gymnastik. Warum das so heißt, weiß der Kuckuck, denn man ist die meiste Zeit über Wasser. Ich mache für die Kollegen, die zu weit rausschwimmen wollen, den Leuchtturm. So kommen alle sicher in den Therapiebereich zurück. Bei Wassertiefe 130 cm rage ich so weit heraus, dass alle meine Körperteile oberhalb des Bauchnabels frieren.

Die Halb-im-Wasser-Gymnastik wird auf unserem Therapieplan mit u. E. Gr. abgekürzt. Erfahrene Kurgäste wissen, dass sie in der „untere Extremitäten Gruppe“ sind.

Das bleibt für mich ein Rätsel. Wir trainieren hauptsächlich die oberen Extremitäten, nämlich Arme und Schultern. Ich das Ganze über Wasser.

Als ich als Letzter ins Bad komme, stürzt noch eine Frau an mir vorbei, klatscht ins Wasser und hängt sich an einen bereits dort befindlichen Mann mittleren Alters. Sie umklammert ihn ganz offensichtlich mit ihren Schenkeln und beginnt ihn sexualtherapeutisch zu behandeln. Da geht's aber klar um die unteren Extremitäten.

Da sich der Mann nicht wehrt, tun sich drei Möglichkeiten auf. Er ist Nichtschwimmer und verharrt in Schockstarre. Er hat soeben seinen dritten Bandscheibenvorfall erlitten und versucht, den Schmerz nicht zu zeigen.

Vermutlich sind die beiden aber ein Pärchen, denen wir als Beitragszahler die gefühlt dreißigsten Flitterwochen finanzieren. Wer die beiden gesehen hat, wird verstehen, dass mich in diesem Augenblick keinerlei Neid erfassen kann.

Ich verlasse rasch das Becken bei Ebbe.

Tag des Fisches. Kaum raus aus dem Aquarium, steht Menü eins, gebackene Scholle, auf dem Programm.

Da bin ich doch bei jeder Mahlzeit mit Helga, Heidi und Sunita am Tisch zusammengespannt. Ernährung verbindet.

In Ermangelung von sinnvollem Gesprächsstoff – mit dem Wetter sind wir durch, alle eigenen Leiden wurden besprochen, der Mord wird bewusst nicht thematisiert, sitzt doch der Schock noch sehr tief – versucht es Helga mit Familiengeschichten. Ich gleite bereits nach kürzester Zeit gedanklich ab und wünsche mich in die Heimat der Scholle. Urlaub. Strand. Cocktails.

Natürlich ist es einem peinlich, so gar nichts zum Gespräch beizutragen. Ich kehre deshalb vom Mittelmeer zurück und sage, dass mein Vater auch große Probleme mit der Hüfte hat.

Falscher Tisch.

Nebenan war das ein Thema.

Helgas Tochter bekommt im September ihr erstes Baby.

In dem Durcheinander an Erzählungen war es für mich vom Mittelmeer aus nicht zu unterscheiden, wer was gesagt hat.

Das kommt gar nicht gut. Sechs Augenpaare starren mich an und ich weiß, dass das kommunikationstechnisch verbesserungswürdig war.

Man straft mich jetzt am eigenen Tisch, indem ich ignoriert werde. Das Dessert esse ich bereits alleine.

Helga treffe ich nach dem Essen ins Gespräch mit dem Speisesaal-Manager vertieft. Das einzige was ich im Vorbeigehen verstehe ist: „... anderer Tisch möglich ...?“

Hermann schräg vis-à-vis leidet anscheinend. Er wirkt ruhig und nachdenklich. Auch er scheint von dem grausigen Fund schockiert zu sein.

Kapitel 14

Hermann

Hermann hat den Sonntag Abend genutzt, um sein wichtigstes EDV-Equipment von zu Hause abzuholen. Remote wird er dann aus der Kuranstalt heraus die Vorgänge am Rechner überwachen.

Seine Mutter erkennt ihn fast nicht. „Hermann, du siehst schlecht aus, du hast sicher schon fünf Kilogramm abgenommen“, meint sie. „Und du solltest dir endlich auch die Haare schneiden lassen und dich rasieren. Ich sehe ja kaum etwas von meinem Bummelchen!“ Es wundert kaum, dass Hermanns Beziehung zu seiner Mutter dadurch nicht besser wird. Er brummt etwas Unverständliches und geht an ihr vorbei.

Erleichterung setzt unmittelbar ein, als er auf die aufflammenden Bildschirme sieht. Mit einem einzigen Sensor, der seinen Daumenabdruck erkennt, aktiviert er alle Systeme. Die komplexen Programme laufen wie geplant. Eine unglaubliche Zahlenreihe flimmert über die Displays. Kein Interrupt, keine Fehlermeldung, kein Totalabbruch. Stolz durchflutet ihn. Seine Rechnerumgebung ist stabil und präzise.

Er, der einstige Shooting Star im Chaos Computer Club. Eine Gruppe von hochspezialisierten Hackern, die es sich zur Aufgabe gemacht hatte, in fremde Rechnersysteme und Programme einzudringen, oft auch gegen Bezahlung. Firmenleiter lassen so die EDV-Sicherheit ihres Unternehmens testen. Lustvoll, einem Orgasmus nicht unähnlich, hat er jedes Eindringen in eine verbotene Systemlücke genossen.

Ein unglaubliches Glücksgefühl, ein Gipfelsieg, ein Machtspiel. Er, der im normalen Leben keine Freunde hat, der eine Frau nur aus sicherer Entfernung ansehen kann. Hier war Hermann ein Star, gottähnlich und nicht zu schlagen. Konkurrenzlos.

Seinen Mitstreitern im Club wurde er unheimlich. Ein Freak zu sein ist in dieser Umgebung nicht ungewöhnlich, aber so wie er wollte niemand sein. Er konnte tagelang wortlos und nahezu unbeweglich vor seinem Monitor sitzen und endlose Kombinationen von Passwörtern eingeben, um in andere Rechner einzudringen. Längst schon hatte er eigene Programme entwickelt, die wiederum nur einen Zweck hatten. Sie kreierten in nicht zu überbietender Geschwindigkeit alphanumerische Abfolgen, die als mögliche Passwörter geeignet sein konnten. Keine Firewalls, keine Virusprogramme konnten ihn aufhalten. Keine Defender-Programme konnten ihn stoppen. Sie bemerkten Hermann nicht einmal. Ein Genie.

Anonymisierung mit Tor, die Verschlüsselung wie auch die Anonymisierung der Seitenabrufe, über die auch technische Zensurmaßnahmen überwunden werden können, sind seine wichtigsten Werkzeuge. Dabei werden die Seitenabrufe nicht direkt und im Klartext mit ihrer IP-Adresse zum Anbieter geschickt, sondern verschlüsselt über mehrere weltweit verteilte Rechner geleitet.

Erst der letzte Rechner in der Kette, der sogenannte Exit-Node, ruft dann die gewünschte Seite ab. Hermann ist immer anonym, schnell und verschwindet aus den Rechnern, bevor ihn spezielle Abwehrsoftware erkennen und lokalisieren kann.

Er schafft es mittlerweile, auch Software einzuschleusen, die nicht als fremd erkannt werden kann. Mit duplizierten IP-Adressen und Accounts von tatsächlichen Usern des Systems fährt er praktisch Huckepack durchs System und erledigt das, was er im Sinn hat und wozu er gerade mal Lust hat. Datenklau. Spionieren. Voyeur. Verseuchung mit Viren, um den Rechner in Abschnitten oder gänzlich lahmzulegen.

Der Rauswurf aus dem Club war damals vorherzusehen. Waren doch alle der Meinung, dass Hermann nicht zu ihnen passt. Er teilte sein Wissen nicht mit den Mitgliedern, schottete sich zusehends ab und baute eine eigene Rechnerwelt in seinem Stil auf. Er drang zuletzt sogar in die Rechner seiner Clubkollegen ein und blieb lange Zeit auch dabei unerkannt. Als er einmal unvorsichtig wurde, enttarnte ihn ein Kollege. So wurde er zum völligen Einzelkämpfer. Die Neugier treibt ihn immer und immer wieder. Er will die Leben der anderen für sich gläsern machen.

Nach vielen Rechnersystemen im In- und Ausland hat er es jetzt auf seine eigenen Rechner abgesehen. Er, der künftige EDV-Leiter der Österreichischen Lotterien, führt ein Doppelleben und hat dabei bereits ein anderes Leben auf dem Gewissen.

Hermann wirft die störenden Gedanken ab, denkt an seine zukünftige finanzielle Unabhängigkeit, den Reichtum und die einmalige Chance etwas Besonderes zu sein.

Er packt seine beiden leistungsstärksten Laptops ein. Ein kleiner Spezialdrucker, kaum größer als ein Taschenbuch, kommt in die Tasche. Die verbleibende Rechnerstruktur wird für fremde Zugriffe gesperrt und durchläuft weiter die endlosen Schleifen, Routinen und Berechnungen. Remote wird er seinen Plan zu Ende bringen. Das Internet steht für ihn immer und überall weit offen. Sehr weit offen. Der Kuraufenthalt kann ihn nicht stoppen. Da ist er sich mittlerweile sicher. Außerdem wird sein Plan noch perfekter, noch perfider. Er spürt bereits eine große Ungeduld. Er wird seinen Plan umsetzen. Er weiß, dass sich ihm niemand mehr in den Weg stellen kann.

Kapitel 15

Finzinger

Finzinger hat das Wochenende im Büro und mit der Suche nach der anonymen Anruferin verbracht. Übellaunig und ganz Finzinger hadert er mit seinem Schicksal. Karriere zu machen ist das eine, dafür hart arbeiten zu müssen das andere. Die Prägung seines durch und durch norddeutschen Vaters hat sich nicht auf ihn übertragen lassen.

Preußische Härte und Zielstrebigkeit, Businessmann vom Scheitel bis zur Sohle, so brachte sein Vater der Familie unglaublichen Wohlstand. Er, der Sohn, R.S. Finzinger, blieb dabei auf der Strecke und machte sich auf seinen eigenen Weg.

Flüchtete, wie alle richtigerweise behaupten, vor fünfzehn Jahren von Hamburg nach Wien. Er fühlt sich nicht unwohl in seiner neuen Heimat Österreich, spürt aber im Moment den selbst auferlegten enormen Druck, es allen beweisen zu müssen.

Im Gegensatz zu seinem Vater ist er aber nicht in der Lage damit umzugehen. Finzinger weiß jedoch gleichzeitig, dass die Absenz seines ehemaligen Freundes Havlicek seine vielleicht letzte Chance ist, einen Sprung nach vorne zu machen. Er sieht sich als leitender Chefinspektor bereits delegieren und im Erfolgsfall die Lorbeeren dafür ernten. Läuft etwas nicht so wie es sein sollte, wird er das mit personellen Änderungen seines Teams lösen. Einen Schuldigen kann man immer finden. Finzinger als Sympathieträger ist von Beginn an auszuschließen.

Jetzt ist es aber noch an ihm, die zwei Todesfälle zu lösen. Der slowakische Kleintransporter aus Bratislava ist auf eine Firma gemeldet, die sich mit der Herstellung von Drucksorten aller Art beschäftigt. Ein Fax der Kollegen aus Bratislava hat das bestätigt. Der Tote war Angestellter des Unternehmens und wurde vor einer Woche samt Fahrzeug als vermisst gemeldet. Zahnabgleich und Fingerabdrücke werden in Kürze den Ermittlungsunterlagen nachgereicht.

Für den nächsten Tag haben ihm die Beamten der Polizei in Bratislava eine kurze Vitae des Ermordeten zugesagt. Bereits jetzt steht fest, dass der Mann unbescholten war und unauffällig gelebt hat.

Seine kleine Familie steht schwer unter Schock und kann die Tat nicht fassen. Der Identifikation ihres Mannes im Leichenschauhaus sieht seine Frau mit Grauen entgegen. Niemand sollte jemals in seinem Leben in so eine Situation kommen. Die Realität ist leider nicht gnädig und hatte Jirsi aus Bratislava übel zugerichtet hinterlassen.

Seit dem ersten Besuch eines übergewichtigen Wieners vor gut einem Jahr war alles irgendwie anders geworden. Jirsi Borka begann Pläne zu schmieden, das Land verlassen zu wollen, und verunsicherte seine Frau mit hochfliegenden Träumen. Ihre fünfjährige gemeinsame Tochter hing an Jirsis Lippen, wenn er vom Meer und den bunten Fischen zu erzählen begann. Vom ersten gemeinsamen Urlaub nach Jahren der Entbehrung und der Sorge, ob er seiner Familie ein schönes Leben würde bieten können. Er, der seine beiden Frauen vergötterte.

Einen Namen hatte der mysteriöse Wiener nie. Jirsi nannte ihn bloß tučko, der slowakische Ausdruck für „der Fette“.

Finzinger liest das Protokoll mehrmals durch und schläft dabei wie so oft in seinem Drehstuhl ein. Ehrgeiz gut, aber mit Grenzen.

In einem kurzen unruhigen Traum läuft er nochmals schweißgebadet die Treppenhäuser auf und ab, rastlos auf der Suche nach der anonymen Anruferin, die den Selbstmord in ein anderes Licht gebracht hat. Auch im Traum bleibt ihm der Erfolg verwehrt. Sein zweiter Fall lässt ihn nicht los. Er findet die Frau nicht und erwacht gerade noch rechtzeitig, als er selbst auf dem Balkon eines hohen Hauses zum Sprung ansetzt.

Finzinger, wir haben einen Brief in der Wohnung des Toten vom Rennweg gefunden.

Gerer, der Assistent von ihm und Havlicek, hält ihm ein Blatt Papier entgegen.

Finzinger ist plötzlich hellwach, nimmt den Brief an sich und beginnt zu lesen.

Kapitel 16

Havlicek

Jontophorese. Nicht wirklich selbst sprechend diese Art der Behandlung. Der Fachmann erklärt das so: Die Jontophorese ist eine Elektrotherapieanwendung, die die Möglichkeit bietet, Medikamente in das Gewebe einzuschleusen.

Klingt irgendwie ungewollt für mich. Das muss so eine Art Schlepperwesen – Medizin sein. Ich reg mich nicht auf. Hauptsache es wirkt.

Ich bin jetzt an einigen Kabeln und Plättchen, umgeben von feuchten Waschlappen, angeschlossen und der Therapeut steht am Ende meiner Koje, dreht sich nach mir und meiner Liege um und sagt: „Herr Chefinspektor, wenn‘s ein Problem gibt, rufen Sie einfach ‚Markus‘!“.

Längst ist allgemein bekannt, dass ich ein Bulle von der Kripo aus Wien bin. Ehre wem Ehre gebührt, habe ich fortan keinen Namen mehr, sondern werde Herr Chefinspektor genannt. Immer noch besser als Bulle, denk ich mir.

Ich bin ins Grübeln gekommen. Kann man das eventuell auch in den Alltag integrieren? Wenn ich irgendwo ein Problem habe, rufe ich einfach „Markus!“. Kann man damit tatsächlich Probleme lösen?

Kaum ausgedacht, sticht mich so eine Kupferplatte mit eingeschleuster Medizin, und ich rufe: „Markus!“. Er kommt. Er löst das Problem. Ich bin zufrieden.

Ich gehe nach einer kurzen Pause den Gang entlang zu einer weiteren neuen Behandlung.

Vorbei geht's an einer Tür mit einem Schild drauf: Zutritt strengstens verboten – Achtung Stufe!!

Typisch österreichische Mentalität sage ich mir. Oder aber es liegt dahinter vielleicht das Moor, aus dem die Damen und Herren Therapeuten die Packungen holen, die man mir gleich auf Schulter und Rücken legen wird?

Ich erinnere mich an den Film „American Werewolf" und eine Stimme aus dem Off: „Bleibt auf der Straße und meidet das Moor!" Folgerichtig bleibe ich auf dem Gang, dieses Moor meiden wird aber trotzdem unmöglich. Sekunden später ist mir klar: Das Moor lässt sich nicht mehr verhindern.

Eine Hünin von Therapeutin öffnet die Tür zum Moor und ruft drei Namen und den Herrn Chefinspektor.

„Hereinspaziert, sucht euch ein Bett, runter mit der Wäsche, Mama kommt gleich zu euch." Keiner von uns widerspricht und wir warten auf weitere Befehle. Schon steh ich nur in Unterhose da und möchte das Therapietuch auf der Liege ausbreiten. „Vergesst euer Leintuch, bei mir ist alles inklusiv".

Wir werden von ihr an den jeweils leidenden Stellen mit Moorpackungen umwickelt und in ihr Leintuch eingerollt.

Licht geht aus, sie wünscht uns „Gute Nacht" und geht wieder in Richtung Moorlandschaft. Hoffentlich passiert ihr nichts. Oder doch umgekehrt. Den Werwolf beißt eher sie, und er muss bis ans Ende seiner Tage ein Therapeut sein. Ich habe Erbarmen mit dem Werwolf, der sich ihr in den Weg stellt.

Trotz einigermaßen Dunkelheit und eines durch die extreme Wärme leichten Dämmerzustandes meinerseits bleibt es mir nicht verborgen, dass die Hünin und eines der beiden Muskelpakete, die gestern den Gekreuzigten abgenommen haben, in einer weiteren Tür mit der Aufschrift „Zutritt strengstens verboten!“ verschwinden. Dass das Muskelpaket dabei einen Plastikbehälter in der Hand hält, kann nur noch mein Unterbewusstsein registrieren. Den Totenkopf darauf mit Warnhinweisen sollte ich erst später aus der Nähe sehen.

Am Ende der zwanzig Minuten dauernden Behandlung werde ich von der Therapeutin am Rücken notdürftig vom Moor gesäubert. Reste bleiben. Ich streife mein Leibchen über. Moor im Hemd ist fertig.

Ich dusche kurz in meinem Zimmer und bin wenig später wieder am Gang. Mein Herz beginnt zu rasen. Nachwirkungen vom Moor. Nein, Vorfreude auf die routinemäßige Zwischenuntersuchung bei Dr. Guter.

Pulsmessung. Routinefragen. Augenkontakt. Sie errötet, ich fasse mir ein Herz und frage, ob sie mit mir über den grausamen Tod des Portiers sprechen möchte. Ich stelle meine und ihre beruflichen Interessen in den Vordergrund, sodass sie nicht in erster Linie unser Arzt-Patienten Verhältnis sieht. Mein Vorschlag, sich morgen abends im Kurpark zu treffen, findet ihre Zustimmung. Das kleine Lokal am Teich ist ideal. Sie wird pünktlich dort sein. Ich verabschiede mich und halte ihre Hand dabei etwas länger als notwendig. Sie zieht mich leicht zu sich, lässt die Hand aber dann rasch wieder los. Jetzt sind es schon zwei Schmetterlingsschwärme. Einen spüre ich ganz stark, einen vermute ich.

Kapitel 17

Hermann

Halbtag. Halbschatten. Halbzeit.

An Tagen wie diesen ist Hermann entspannt. Nur ein Halbtag ist mit Therapien verplant. Dann bekommt man noch Essen oder darf sogar darauf verzichten. Der Verzicht ist mental jedoch unproblematisch. Von Verzicht spricht man ja nur dann, wenn es einem schwer fällt das Angebotene nicht anzunehmen. Wie gesagt, unproblematisch. Abnehmen ist hier denkbar einfach.

Dann ist da noch das Wetter das nunmehr erträglicher ist. Starke Bewölkung. Halbschatten. Zwischenzeitliche Erholung.

Wir haben bereits Halbzeit. Würde man auf einem Brett, das in der Waage ausgerichtet ist, über die Hälfte darübersteigen, kippt es nach unten. Und bergab geht es schneller. Also ist davon auszugehen, dass die letzten Tage rascher vergehen werden.

Es klopft laut und ein paar Mal an meiner Zimmertür. Ich rufe „Ja bitte?" und gehe Richtung Tür. Auf halbem Weg klopft es nochmals heftig. Ich öffne die Tür und sage „Gute Frau, ich bin hier wegen meines Übergewichts und nicht zum Leichtathletik - Training. Ich bin nicht ganz so schnell!"

Oh Verzeihung, ich suche meinen Mann.

Da ich das nicht bin endet das Gespräch recht rasch.

Es bleibt mir nicht verborgen, dass ihr Blick rasch an mir vorbei ins Zimmer gerichtet ist. Ich dränge sie leicht zurück in den Gang und schließe die Tür. Neugier scheint im Kuralltag die einzige Abwechslung zu sein.

Hermann, du wirst nicht beobachtet sage ich zu mir und besuche mein Lieblings-Cafe am äußersten Rand der Fußgängerzone. Dass es ausgerechnet Cafe Central heißt und so abgelegen liegt, führe ich auf einen Marketinggag zurück. Ich sitze also am zentralen Rand der Kurstadt und lese die Tageszeitung. In erster Linie zerreiße ich sie aber. Das Cafe legt Wert auf Tradition und spannt die Zeitung in einen seltsamen Holzrahmen, der zwar das Halten der Zeitung erleichtert, es aber unmöglich macht den Inhalt zur Gänze zu konsumieren. Gut ein Viertel der Seiten wird durch den Haltebügel so abgedeckt, dass man nichts lesen kann. Der ungeübte Gast zieht daher an den Seiten, überspielt die Reißgeräusche mit nervösem Hüsteln und legt danach die Konfettistücke auf einem seitlich stehenden Tisch verschämt ab. Daher also die Beistelltische in den traditionellen Kaffeehäusern. Alles im Leben ergibt irgendwann Sinn.

Ich betrachte ein Stück Zeitung, das ich in einem Anflug von Ungeduld abgetrennt habe, und lese die Fragmente eines Absatzes aus der Kulturecke. Dort steht:

„Früher war sogar die Zukunft besser!"

Meine Zukunft wird auch besser sein denke ich und kann mir ein Lächeln nicht verwehren.

Kapitel 18

Havlicek, Anna

Anna. Wie sie sich bewegt, auf ihn zukommt, ihre Hüften schwingen. Er war schon eine Stunde vorher am Treffpunkt. Er wollte es nicht versäumen, er wollte sie kommen sehen. Ihre Leichtigkeit, ihren schönen Körper, ihr dunkles Haar. Sie ist wunderschön in ihrem kurzen schwarzen Kleid. Er sieht sie bereits auf seinem Wohnboot auf der Terrasse. Ausgestreckt vor ihm auf der Liege. Laue Abende bei Rotwein und zärtlichen Berührungen. Die Einsamkeit war schon zu lange sein blinder Passagier an Bord.

Nach der Scheidung war es ihm nicht möglich sich wieder fallen zu lassen, einer neuen Frau sein Herz zu öffnen. Gernot hat seither viele Frauen gehabt, mit vielen geschlafen und sich damit beruhigt. Glücklich war er schon Jahre nicht mehr. Sein Beruf tat das Übrige. Viele Frauen gingen wieder. Viele gingen wieder, aus Angst ihn zu verlieren. Das nennt man selbsterfüllende Prophezeiung.

Im Dienst umgeben von Verbrechen. Ständig wurde er bedroht. Organisationen aus dem Osten waren von seiner Aufklärungsrate nicht angetan. Eine nicht alltägliche Welt umgibt Gernot. Mord, Schlepperei, organisierte Kriminalität. Menschenleben zählen nichts. Grausamkeiten säumen seinen Weg.

Die Frauen entschieden sich regelmäßig gegen ein Leben in ständiger Sorge. So oft sprang er mitten in der Nacht aus dem Bett um zu einem Tatort zu fahren. Normale Menschen können ihren Berufsalltag besprechen.

Gernots Erlebnisse sind nicht für ein Gespräch beim Abendessen geeignet. Er wurde zum einsamen Wolf. Seine Kollegen hatten das nie verstanden. Ihr Kollege, der es mit jedem Hollywood- Schauspieler aufnehmen konnte. Attraktiv, sonnengebräunt und ein Erfolgstyp. Luxus-Hausboot an der Alten Donau.

Heute ist es anders. Sie ist da. Anna. Sie darf nicht gehen.

Anna hatte es noch schwerer als er. Sie wurde von ihrem Mann betrogen und geschlagen. Sie wusste es, wenn er von einer anderen Frau kam. Sie hatte nicht immer den Mut ihn darauf anzusprechen. Ihn, den erfolgreichen Herzchirurgen, den Schwarm aller weiblichen Mitarbeiter seines Krankenhauses. Ärztlicher Leiter und Gott in Weiß. Er lebte das Klischee. Er selbst saugte das Leben auf. Er schenkte seinen Patienten ein neues Herz, ein neues Leben. Gottgleich. Das Herz seiner Frau trat er mit Füßen.

Anna war für ihn nur ein Anhängsel. Eine einzige Imagepolitur, die ihm außerdem keine Kinder schenken konnte. In seiner Partei macht man die großen Schritte nach vorne nur, wenn man christliche Werte nach außen hin lebt – Ehe, Kinder, heile Welt. Leiter des Krankenhauses. Politischer Berater in Gesundheitsfragen, Kirchgänger. Der Sprung zum Minister führte über ein geordnetes Leben. Eine Scheinwelt. Er ließ Anna, sein schönes Aushängeschild, diese seine Zwänge spüren. Er ertrug es nicht, wenn sie ihn auf eine Affäre ansprach. So gefühlvoll er im Operationssaal sein musste, so brutal schlug er zu, wenn Anna nicht seinen Weg mitging. Er wollte nichts erklären müssen. Es war für ihn gut und richtig was er tat.

Die Scheidung und die Wochen davor waren die Hölle.

Fünf Monate danach erscheint ihr jetzt die Zeit mit ihm als wäre alles in einem anderen Leben passiert. Weit weit weg. Sie beginnt wieder zu leben. Sie spürt es. Gefühle die sie lange Zeit nicht mehr kannte. Dieser Chefinspektor, umwerfend und charmant, fast schon schüchtern. So sehr hat sie sich auf diesen Abend mit ihm gefreut. Sie ist schon eine Stunde im Park unterwegs und hat ihn beobachtet. Er sitzt im Schatten und wartet auf sie. Ein Lächeln umspielt ihre vollen Lippen. Sie befeuchtet sie mit der Zunge und geht auf ihn zu.

Gernot widersetzt sich seinen weichen Knien und erhebt sich vom Sessel. Sein Herz beginnt spürbar zu schlagen und er geht auf Anna zu. Er streckt ihr seine Hand entgegen und spürt ein unglaubliches Verlangen sie sofort in seine Arme zu nehmen. Anna beschleunigt ihren Schritt und greift nach seiner Hand.

Kapitel 19

Havlicek

Erste Therapie bereits um 06.40 Uhr. Was für eine Zeit. Wahrscheinlich kann man da noch mit dem günstigeren Nachtstrom die Therapien abwickeln. Anders ist es nicht zu erklären, dass man Menschen, die den ganzen Tag Zeit haben und zur Erholung hier sind, so zeitig mit Strom behandelt.

Beim anschließenden Frühstück glaubt jeder, dass er innerhalb von zehn Minuten die letzten 36 Stunden im Detail erzählen muss. Alle zeitgleich. Ich versinke wieder in ein morgendliches Wachkoma und versuche keine Neugier zu zeigen, um nicht von einem Wortschwall wieder in den Therapiebereich zurückgespült zu werden.

Ich nehme noch einen Schluck Kaffee und entferne mich in Richtung Beach Club. Insider wissen, dass ich auf dem Weg zur Imwassertherapie bin. Heute ist mutmaßlich Delfin Tag und wir spielen 25 Minuten mit Bällen. Im Anschluss daran passiert der kurtechnische Supergau. 120 Gäste, davon 90 im Haupthaus. Drei Lifte die alle zeitgleich ausfallen. Der typische Therapeut muss vermutlich im Zuge seiner dreijährigen Ausbildung irgendwann auch nach Nepal reisen. Eine Spezialausbildung als Sherpa scheint Pflicht und macht Sinn.

Genau das kann er heute einsetzen. Gefühlt 20 Leute versuchen 40 Kurgäste, die an einen Rollator oder an Krücken gebunden sind, in die Therapieräume im Untergeschoss zu bringen. Stau im Stiegenhaus, Chaos. Der Terminplan gerät in Unordnung. Kaum sind die Sherpas mit ihren Kunden im Keller angekommen, versuchen sie mit der Restluft, die ihnen nach dem Tragen verblieben ist, die jeweilige Behandlung abzuwickeln.

Man setzt die Menschen ins Schwefelbad und zieht aufgrund der fehlenden Zeit gleichzeitig den Stoppel der Wanne. Man kann also in Ruhe zusehen wie sich der Schwefel durch den Abfluss entfernt. Was bleibt ist übler Geruch. Ein Heilungserfolg, wenn man nackt in der leeren stinkenden Wanne sitzt, wird wohl nicht so rasch einkehren.

Der Großteil der Patienten bleibt auf den Zimmern.

Ein Kurgast bald für immer.

Kaum hat sich die Aufregung um die defekten Aufzüge gelegt versucht das Team der Kuranstalt wieder Ordnung in das Kurleben zu bringen. Schwer genug nach den Ereignissen der letzten Tage. Der tote Portier in der Kapelle, kaputte Aufzüge und die nicht enden wollende Hitzewelle.

Kapitel 20

Hermann

Meine Computer sind aufgebaut. Ich bin im Netz. Die Verbindung steht stabil. Hermann surft jetzt wieder superschnell und ist recht bald auch auf dem Flug nach Hawaii.

Im Flugzeug gibt es die Reihe 13 nicht. Aberglaube. Ich persönlich bin überzeugt, dass es bei einem Flugzeugabsturz nicht dazukommen würde, dass die Personen in der Reihe 13 schlechter gestellt sind. Aber es ist so. Die Reihe fehlt.

Auf einer Kur ist der Samstag praktisch nicht vorhanden. Nach dem Kurvormittag und dem Essen sind alle irgendwie gleich aus dem Haus. Wer zurückbleibt hat das Gefühl in einem Geisterhaus zu wohnen.

Die Fußgängerzone ist hingegen voll mit Menschen. Alle haben sie Sehnsucht nach der alten Kurstadt und nach dem Leben. Ich mache Einkäufe und genieße den Tag, als wäre es mein letzter.

Als ich nach meinen Erledigungen wieder in mein Kurhaus zurückkehre, fällt mir erstmals auf, dass drei Überwachungskameras im Eingangsbereich und vor den Zimmern sind. Aber nicht, dass man glaubt, dass die Kameras dazu dienen um zu sehen wer reinkommt, quasi Einbruchsschutz. Nein. Wer rausgeht nach 22.30 Uhr der soll aufgenommen werden und am nächsten Tag bekommt er vom Herrn Direktor eine zusätzliche Information über die Hausordnung. Ausbruchschutz nenne ich das.

Heute ziehe ich mich zeitig zurück und bereite ein Bad vor. Und danach muss ich noch in den Keller der Kuranstalt.

Meine Neugier der letzten Tage hat sich gelohnt. Mein Plan bekommt dadurch eine Wendung. Die unfassbare Entdeckung, die ich gemacht habe, könnte nicht ungeheuerlicher sein. Alles was ich plane ist im Vergleich dazu ein Kavaliersdelikt. Hier geht in Kürze eine Bombe hoch.

Kapitel 21

Havlicek

Dieses Mal fährt die Rettung einen stillen Einsatz. Kein Blaulicht, kein Folgetonhorn. Die Tatortgruppe der Kripo Baden benützt einen Hintereingang, Direktor Spöttke führt die Herren über einen Nebenaufgang zu meinem Nachbarzimmer. Nur noch höchste Diskretion kann den Fortbestand der Kuranstalt sichern. Der Tod wurde mittlerweile zum Stammgast im altehrwürdigen Haus.

Hermann Bucher, 35 Jahre, EDV-Techniker, ledig und Kurgast, hat sein letztes Bad genommen. Den ganzen Tag war er nicht zu den Therapien erschienen. Vielleicht hatte er aber auch einen Gutschein eingelöst und sich therapiefrei gestellt. Kopien hatte er sich genug machen lassen. Das Zimmermädchen respektierte anfangs jedenfalls das Schild „Bitte nicht stören". Nachträglich gesehen ein Fehler. Aber auch so wäre der Gast nicht zu retten gewesen.

Flusssäure.

Ein grauenvolles Ende für einen Menschen, dem das Schicksal ohnehin nie so wohlgesonnen war. Ein Verlierertyp. Zuletzt blieb so wenig von ihm übrig, dass seiner Mutter die Identifizierung erspart werden konnte. Ein Menschenleben nicht nur ausgelöscht sondern sogar gänzlich aufgelöst. Selbst die besten Forensiker des Landes müssen vor dieser Form des Todes kapitulieren. Eine breiige zähflüssige Masse in einer Wanne. Da gibt es nichts zu identifizieren. Es liegt die Vermutung nahe, dass der Tote, Hermann Bucher, durch die Flusssäure qualvoll ums Leben kam. Oder aber, was viel eher der Fall sein dürfte, bereits vor seinem letzten Bad tot war.

Kommt ein Lebender in diese Säure, wären seine Schreie wohl kaum zu überhören gewesen. Die ermittelnden Beamten lassen Chefinspektor Havlicek einen kurzen Blick in sein Nachbarzimmer und den Tatort werfen. Ein Badezimmer hat meist nichts Ungewöhnliches zu verbergen. Ein großer Plastikkanister mit einem Warnhinweis darauf ist aber kein Accessoire für ein Bad. Havlicek durchsucht sein Gedächtnis nach Bildern. Wo habe ich den schon Mal gesehen? Zutritt strengstens verboten. Moor.

Auf dem kleinen Schreibtisch im Schlafraum liegen viele Kabel, die im Nichts verlaufen. Kabel, die eindeutig an Computern hingen. Von den Computern selbst fehlt jede Spur. Der kleine Wandsafe ist geöffnet und gähnend leer.

Mord und Raub, oder jemand wollte, dass es genau diesen Anschein hat. Täter auf der Flucht. Höchst ungewöhnliche Tötungsmethode, wohl auch hier eher eine Hinrichtung. Da muss sich einer Feinde gemacht haben, die vor nichts zurückschrecken. Wir suchen den Mörder wohl besser außerhalb des Kurbetriebes.

Die Beamten der Kripo aus der mondänen Kur- und Casinostadt Baden sind im Großeinsatz. Zum zweiten Mal gab es hier innerhalb kurzer Zeit ein Rien ne va plus für einen Menschen. Eine Sonderkommission wird eingerichtet.

Experten aus Wien werden um ihre Mithilfe gebeten.

Eine Kreuzigung in der Kurkapelle und ein Kurgast, der in der Badewanne in Säure aufgelöst wurde, sind hierorts nicht als Routinefälle abzuwickeln. Der Kripoalltag gehört eher den kleinen Vorstadtganoven, die im Casino versuchen, mit Taschenspielertricks die Croupiers zu überlisten oder glücklichen Gewinnern am Nachhauseweg beim Wegtragen des Geldes zu helfen.

Welche Botschaft wollten die Täter vermitteln, wenn sie einen scheinbar harmlosen Portier zuerst vergiften und dann ans Kreuz hängen.

Die Menge Gift, die in der Leiche gefunden wurde, hätte halbiert noch immer für fünf weitere Morde gereicht.

Das hohe Risiko bei der Kreuzigung selbst erwischt zu werden scheint die Mörder nicht abgeschreckt zu haben. Einzeltäter kommen nicht in Frage. Unmöglich für eine Person. Das ist allen klar.

Havlicek hört zum zweiten Mal in diesen Tagen die Stimmen der Ermittler aus Baden nur noch wie durch eine Wand. Gedämpft aber doch noch störend.

So viel rast durch seinen Kopf.

Entschleunigung sieht anders aus.

Das ungewollte Duell mit Finzinger ist für den Moment ausgeglichen. Jeder hat zwei Tote.

Zwei in Wien. Zwei in Baden.

Seine räumliche Nähe zu zumindest drei der Toten und die Ereignisse der letzten Tage beunruhigen Havlicek.

Da hilft weder Routine noch die Tatsache, dass er für den Augenblick für keine der Taten verantwortlicher Ermittler ist.

Für ihn ist bereits jetzt klar: Er wird hier mit aller Kraft in etwas hineingezogen. Eine Sogwirkung, der er sich nicht widersetzen kann.

Zumindest der heutige Abend soll ihn etwas ablenken. Wieder ist da dieses eigenartige Gefühl, dass er trotz der

Grausamkeiten um ihn herum ein unglaubliches Glücksgefühl verspüren kann, wenn er an Anna denkt. Dr. Anna Guter.

Kapitel 22

Finzinger

Finzinger hat den Brief bereits zum zweiten Mal gelesen. Schlauer wird er daraus aber nicht. Im Gegenteil, sein Erstaunen wird immer größer.

Nach Mord sieht es nicht mehr aus.

Herbert Gröss, EDV-Spezialist, Schichtleiter und Vorgesetzter von Hermann Bucher, hat einen Abschiedsbrief hinterlassen, seinen Sprung in den Tod darin angekündigt. Er fühlte sich von Hermann Bucher stark angezogen. Er hatte nie den Mut ihm das zu sagen. Dieser wich ihm sogar aus. Er konnte auch mit niemandem anderen darüber reden. In unseren Tagen ist man zwar gesellschaftlich nicht mehr so stark unter Druck, wenn man seine Homosexualität eingesteht.

Hermann war aber sein Mitarbeiter, Hermann war dick und ein Verlierer, ein von allen Menschen ausgenutzter Freak. Rasch ist man ausgegrenzt und isoliert, wenn man da seine Zuneigung öffentlich eingesteht. Herbert Gröss wurde durch diesen Spagat zerrissen. Er musste zudem mit ansehen wie Hermann Bucher, der geliebte Außenseiter, an ihm vorbei befördert werden sollte.

Der oberste Boss hatte Gröss kürzlich darüber informiert, dass er Bucher wegen seiner hohen fachlichen Qualifikation zum Abteilungschef machen wollte. Sicherheit im EDV-Bereich hat Vorrang.

Ein paar Kilo weniger und ab in den Chefsessel. Seine heimliche Liebe wäre zu seinem Vorgesetzten geworden. Bis vor kurzem war das undenkbar für ihn gewesen. Ab 55

Jahren geht es aber oftmals viel rascher in den ungeplanten Ruhestand als einem lieb sein kann. Arbeitsstiftungen und Umschulungen sind dann der vermeintliche Rettungsanker. Zudem litt er seit Jahren unter Depressionen. Von Freunden war ihm schon mehrfach zu einer Psychotherapie geraten worden. Davon hielt er gar nichts. Wie sollte ihm jemand Fremder helfen können, er würde es alleine schaffen.

Finzinger. Havlicek. Innenminister. Plötzlich fühlt sich Finzinger dem Selbstmörder sehr nahe. Abgesehen von den sexuellen Neigungen hat er ein ähnliches Bild von seiner eigenen Laufbahn. Havlicek sein Freund wurde ihm vorgezogen.

Wie soll er den Anruf der Zeugin einordnen? Eine weitere Person auf der Terrasse. Ist der Abschiedsbrief echt? Ist die Zeugin vertrauenswürdig ? Was hat es mit dem Telefonat auf sich? Früher konnte man mittels der Handschrift recht einfach eine Überprüfung machen. Moderne Menschen haben keine Handschrift mehr. Alles wird in einen Computer getippt. Drucker liefern ein äußerst ähnliches Bild. Die Herkunft und der Verfasser eines Schreibens sind kaum mehr zu eruieren.

Schriftexperte ist vermutlich ein aussterbender Beruf.

Ein Selbstmörder. Ein Abschiedsbrief. Eine verschwundene Zeugin, die das Gegenteil behauptet und gleichzeitig ihre Aussage am Telefon noch selbst aufweicht. Eine Frage war es genau genommen. Wenn jemand gestoßen wird bevor er springt, könnte es doch auch Mord sein?

Finzinger legt den Brief zur Seite und macht das, was er am liebsten macht. Er übersiedelt in das dem Büro angrenzende Cafehaus und lenkt sich ab. Melange und ein Croissant. Nachdenken gehen nennt er das seinen Kollegen gegenüber. Abhängen oder chillen nennen das die Kids der jüngeren Generation.

Kapitel 23

Hermann

Alles ist ganz anders gekommen als geplant. Schlechter ist es deshalb nicht. Im Gegenteil, es macht noch mehr Spaß. Die Herausforderung ist groß. Ich kann mein ganzes Können ausspielen. Ich bin euch allen überlegen.

Gröss. Ständig hat er mich verfolgt und mir nachspioniert. Bis heute weiß ich nicht, ob er etwas ahnte und was er von mir wollte.

Die Software ist vorbereitet und ich kann jederzeit loslegen. Seit vier Runden klettert der Jackpot wieder nach oben. Niemand hat die Glückszahlen erraten. Ich brauche nicht zu raten, ich brauche nur loszuschlagen.

Ich werde blitzschnell, nachdem alle Zahlen um 19.20 Uhr gezogen worden sind, in den Rechner eindringen und meinen ganz persönlichen Lottoschein produzieren. Das System wird von mir entsperrt und getäuscht. Ich setze für einen ganz kurzen Augenblick die Systemzeit zurück und gebe die Zahlen zum großen Gewinn ein. Die gesperrten Datenpakete zu öffnen ist für mich ein leichtes Spiel. Ein Schein, vier Tipps, drei zur Tarnung, einen für das große Los. Der Ausdruck auf meinem Spezialdrucker ist getestet. Er ist völlig ident mit den Originalen. Er bekommt die Nummernfolge einer der größten Lottoverkaufsstellen in Wien. Niemand wird die Echtheit anzweifeln. Die Losnummer in den Rechner der Verkaufsstelle einzuspeisen ist ebenfalls ein Kinderspiel. Die Gegenprüfung wird alle Zweifel beseitigen. Der Schein selbst hat das perfekte Papier. Die einmonatige Einspruchsfrist bis zum Auszahlungszeitpunkt wird der verlängerten Vorfreude dienen.

Schade, dass Jirsi so unvernünftig war. Er hat einen Fehler begangen. Natürlich wollte er so wie ich ans Meer und ein wenig glücklich sein. Er war sich so sicher.

Der Druckernachbau und das Spezialpapier der Lotterien war für ihn eine Leichtigkeit. Er hatte viele Freunde, die gut davon leben Dokumente zu fälschen. Sie haben Hochkonjunktur. So viele Flüchtlinge brauchen eine neue Identität, neue Papiere, um eine kleine Chance auf ein besseres Leben zu bekommen.

Töten wollte ich ihn zuerst nicht. Ich wollte nur von diesem Pack nicht erpresst werden. Wenn viel Geld winkt, bekommen Menschen häufig seltsame Charakterzüge.

Ich werde nochmals nach Bratislava fahren müssen. Ich brauche einen neuen Pass. Hermann Bucher ist tot. Ein schrecklicher Tod, grausam und nicht zu verstehen. Wer tötet Hermann den Menschenfreund und Freak auf solch bestialische Art und Weise?

Aber Hermann war wiederauferstanden. Frank Wegener, 35 Jahre alt, Schriftsteller, Reisejournalist und Tierfreund. Wild entschlossen, den begonnenen Weg des gepflegten Äußeren und der Gewichtsreduktion konsequent fortzusetzen. Ein schönes neues Leben. Hawaii. Alles perfekt.

Er konnte nicht ahnen, welche Probleme er Spöttke mit dem Wechsel seiner Identität eingehandelt hatte.

Kapitel 24

Spöttke

Spöttke kann sich nicht genau erinnern, wie er in die Katakomben seiner eigenen Anstalt gekommen ist. Diese scheinbar endlosen Kellerhallen und Gänge, Überreste aus Kriegszeiten. Hier wurden Waffen gebaut, Sprengstoff gelagert, Fahrzeuge untergebracht und der Widerstand organisiert. Zuflucht für Verfolgte war diese Welt unter den Anstaltsmauern. Die Kuranstalt, früher ein Krankenhaus für betuchtes Klientel, war die perfekte Tarnung für eine große Zahl an Aufrechten, die dem Hitler-Regime trotzten. Heute ist die Kuranstalt ebenfalls ein Ort der Flüchtenden. Grausam, kalt und dem Profit der organisierten Kriminalität dienend. In der Welt oben werden die Wehwehchen der Wohlstandsgesellschaft gepflegt, in den Kellergewölben wird das große Geschäft mit den erbarmungswürdigen Flüchtlingen aus den Kriegsgebieten gemacht. Menschen werden hier zwischengelagert. Völlig erschöpft von der weiten Reise. Sie haben den Tod gesehen. In ihrer Heimat, auf der Flucht, überall. Sie sind Teil der Glücklichen, die das Mittelmeer überlebt haben. Brutale Schlepperorganisationen bereichern sich an ihrem Elend. Gnadenlos und ohne jede Menschlichkeit. Dreitausend Euro pro Person, für Kinder das Doppelte. Das nahegelegene Traiskirchen, ein Flüchtlingsaufnahmezentrum, ist für manche das Ziel. Viele wollen weiter nach Deutschland oder in die skandinavischen Länder.

Die Zufahrt zu den Kellergewölben der Kuranstalt ist die perfekte Tarnung. Weiße Lieferwagen bringen frische Wäsche, weiße Lieferwagen bringen Lebensmittel. Andere weiße Lieferwagen nehmen denselben Weg und zweigen einfach ein Stück vorher bei einer bestens getarnten, vermeintlich stillgelegten Zufahrt ab. Sie bringen eingepferchte gequälte Menschen auf dem Weg in die Freiheit und in ein vielleicht schöneres Leben. Sie bringen aber auch den Tod. Bis zu vierzig Menschen in einem viel zu kleinen Transporter, viele Stunden ohne Verpflegung und Licht, Sauerstoff der immer knapper wird während der langen Fahrten. Kein Wort darf über ihre Lippen kommen. Nur allzu viele Fahrzeuge werden kontrolliert. Der kleinste Laut und die Reise würde jäh gestoppt. Sie irren durch halb Europa. Niemand will sie. Die Gebote der Menschlichkeit retten manchen das Leben. Viele von ihnen sterben in den Transportfahrzeugen. Der Tod ist hier alltäglich. Sie, die voller Verzweiflung und Hoffnung aufgebrochen sind, landen teilweise tot im Keller der Kuranstalt.

Direktor Spöttke ist in den Händen der Verbrecher. Sie haben seine Spielleidenschaft ausgenützt. Er, der seit Jahren der Spielsucht verfallen ist, hat sich ihnen unfreiwillig ausgeliefert. Er hat einen Pakt mit dem Teufel geschlossen. Sie haben ihn in der Hand. Legen sie den Schalter um, ist Direktor Spöttke ruiniert. Finanziell und als Direktor. Gefängnisaufenthalt inklusive. Dass seine kleine feine Familie Teil des Niedergangs werden würde, haben sie ihm bereits mehrfach angedroht. Er hat keinen Zweifel daran, dass sie den Tod einzelner seiner Familienmitglieder als Druckmittel einsetzen würden.

Heilbäder über den Kellerräumen. Hier unten sind es die Säurebäder. Drei Therapeuten sind darauf spezialisiert beide Welten zu betreuen. Gibt es beim Flüchtlingstransport Probleme und Menschen sterben, werden sie in Flusssäurebädern aufgelöst. In dieser Welt zählt ein Leben nichts. Schlepper werden ohne Herz geboren.

Spöttke liegt auf einer schmutzigen alten Matratze. Seine Benommenheit ist fast schlagartig vorbei, als er die leblosen Körper rund um sich liegen sieht. Sie alle haben es nicht geschafft.

Im Augenwinkel nimmt er ein flackerndes Neonlicht wahr. Seine Peiniger sind versammelt. Ein Therapeut seiner Anstalt und zwei Fahrer, zuständig für die Transporte der Ware aus Ungarn, wie sie die Bedauernswerten zynisch bezeichnen, haben sich um ihn herum platziert. Zwei packen ihn, kaum dass er zu sich gekommen ist, drücken ihn mit dem Kopf in das eiskalte Wasser und reißen ihn wieder hoch. Eine ausgediente Badewanne der Anstalt wird zum Folterwerkzeug. Einer der beiden Therapeuten, die den Gekreuzigten in der Kapelle abgenommen haben, beginnt mit gefährlicher Stimme seinen oberirdischen Chef zu bedrohen. Hier unten hat er das Sagen.

Der Herr Direktor bekommt jetzt eine exklusive Unterwassertherapie.

Was wollen Sie von mir?

Klarheit.

Worüber?

Ich stelle die Fragen.

Sie können …

Mehr als eine Minute unter Wasser ist für Geübte nicht einfach. Für Spöttke bedeutet es fast den Tod. In seinem Kopf hämmert es, seine Lungen schmerzen höllisch, ein Stich geht durch sein Herz. Er wird mit unglaublicher Kraft unter Wasser gedrückt, wie in einem Schraubstock eingespannt, um danach an den Haaren wieder nach oben gezogen zu werden.

Wir haben ein Problem mit dem Toten im Zimmer der Anstalt. Was sollte das bedeuten? Warum ist dort einer unserer Kanister aufgetaucht?

Ich weiß es nicht!

Wasser bringt Klarheit.

Ich bitte Sie, ich kann nicht mehr...

Unendlich kommt Spöttke die nächste Minute unter Wasser vor. Eine Unterwassertherapie in seiner Anstalt, nicht ganz unüblich und durchaus beliebt, aber diese Form mit dem Kopf voran machen nur ganz bestimmte Therapeuten.

Wo ist dieser Fettsack, der angeblich in der Säure in der Badewanne in seinem Zimmer ermordet wurde? Wo ist die Leiche des Flüchtlings vom letzten Transport? Wir haben keine Lust auf Publicity, Herr Direktor!

Ich habe keine Ahnung, ich habe nichts damit zu tun.

Die nächste Taucheinheit überlebt Spöttke fast nicht, und sie werfen den gequälten Körper in die Ecke.

Unschlüssig darüber, wie sie weiter mit dem Waschlappen von Direktor vorgehen sollen, gehen sie in einen Nebenraum. Ein toter Direktor macht ihr Problem noch größer. Ein neuer Anstaltsleiter würde die gut laufenden Geschäfte im ungünstigsten Fall stoppen, wenn sie ihn nicht rechtzeitig in den Griff bekommen.

Ein anderes Problem konnten sie zuvor gerade noch lösen.

Der Portier, er wollte aussteigen. Sie haben ihn bestraft. Vergiftet. Sie haben mit der Kreuzigung eine Botschaft an alle Beteiligten übermittelt. Er, der Nebengeschäfte mit Drogen in Wien aufgezogen hatte und dem die Sache mit den Flüchtlingen zu heiß wurde. Keiner darf das System verlassen. Die Gefahr für die Organisation würde dadurch zu groß.

Die Kripo Baden hatte rasch entdeckt, dass der Schlüssel um den Hals des Gekreuzigten nur zum Tabernakel der Kapelle passen konnte. Der Inhalt der paar Zeilen auf dem darin liegenden Zettel verbreitete sich rasch unter dem Anstaltspersonal. Kaum jemand wusste etwas damit anzufangen.

„Ich bin nackt von meiner Mutter Leibe gekommen, nackt werde ich wieder dahinfahren. Der Herr hat's gegeben, der Herr hat's genommen".

Bibelfestes Personal ist rar. Die Polizei wird sich einlesen müssen.

Spöttke kommt langsam wieder zu sich und ist bereit zu sterben. Keinen weiteren Tauchgang würde sein Körper überstehen. Er hat keine Ahnung was in seiner Anstalt plötzlich passiert. Es ist alles außer Kontrolle. Zuerst der tote Portier in der Kapelle und die Nachricht, dann der dicke, harmlos erscheinende zersetzte EDV-Techniker aus dem ersten Stock und die verschwundene Flüchtlingsleiche. Wo sind die Zusammenhänge? Warum gerät sein Leben derart aus den Fugen. Dachte er doch alles unter Kontrolle und sich mit den Verbrechern arrangiert zu haben. Nie hätte er so hohe Summen verspielen sollen. Geld der Kuranstalt, veruntreut um seine Spielsucht zu finanzieren. Die Verbrecher sind ihm auf die Schliche gekommen und haben ihn seither in der Hand. Sie haben sich in seinem Keller eingenistet. Die alten leerstehenden und weitgehend unbekannten Nebenhallen sind ideal für ihre Geschäfte. Spöttke lebt nur noch in Angst um seine Familie und sein schönes Leben.

Die Geräusche von rasch näherkommenden Schritten lassen ihn hellwach werden. Schweiß. Unbeschreibliche Angst. Wie gerne hätte er jetzt einen seiner eigenen Gutscheine, um sich von dieser drohenden nächsten Therapiesitzung freistellen zu lassen. Waterboarding kannte er bisher nur aus brutalen Action-Filmen und den Diskussionen um die geforderte Schließung von Guantanamo. Ohne ein Wort zu verlieren bringen sie den Direktor über den kleinen Geheimgang in die Anstaltskapelle. An der Rückseite des Altars befindet sich eine scheinbar zugemauerte Tür, durch die man in den Kellerbereich gelangen kann. Sie setzen den erschöpften Direktor in die erste Reihe und gehen rasch wieder zurück. Alles muss für die nächste Lieferung vorbereitet werden.

Spöttke nützt die späte Stunde um ungesehen in sein Büro zu gelangen. Er wird den Rest der Nacht hierbleiben um seine Familie durch seinen Zustand nicht unnötig zu beunruhigen. Sie ahnen nicht in welchen Fängen er sich seit längerer Zeit befindet. Reservebekleidung hat er genug in seinem Kasten. Muss er doch öfters für verschiedene Anlässe sein Outfit ändern. Manchmal aber auch nur um nach Dienstschluss direkt ins Casino zu gehen und seiner Leidenschaft nachzugehen.

Kapitel 25

Frank Wegener vormals Hermann Bucher

Hermann Bucher ist tot. Tragisches Ende. Grausam ermordet. Der Badezusatz hat alles beseitigt was Hermann jemals ausmachte. Die Ereignisse hatten sich überschlagen. Der Plan musste und konnte verfeinert werden. Den eigenen Tod vorzutäuschen war genial. Tote können keine Verbrechen mehr begehen. Niemand würde sie jemals verfolgen. Warum auch. Sie liegen unter der kühlen Erde oder befinden sich als Asche in Urnen und haben das beste Alibi der Welt. Bestatter waren quasi ihre Fluchthelfer.

Hatte er doch schon zahllose Filme gesehen, die dieses Thema zum Inhalt hatten. Gute Filme. Hilfreiche Filme. Dann führte tags zuvor der Zufall, ausgelöst durch seine Neugier, Regie. Leicht zu knackende Codes an den Türen in den Kellerräumen der Kuranstalt. Warum sichert jemand die Therapieraumzugänge so ab? Warum wird der Portier derart filmgerecht im Zentrum der Kuranstalt vor Gottes Augen gekreuzigt? Hermann hatte schon in jungen Jahren Decoder für solche Schließmechanismen entwickelt. Spielereien für ihn. Lächerlich. Keine Nummernkombinationen solch kindischer Sperren waren für ihn eine Hürde. Dass er damit aber den Zutritt in die Hölle bekommen sollte, war ihm nicht bewusst. Und auch nicht, dass er hier in der Hölle die entscheidende Inspiration finden würde, um seinen Plan mit einer neuen Identität perfekt zu machen.

Stumme, angsterfüllte Augen waren tief im Innern der

Katakomben auf ihn gerichtet. Fünfzig, vielleicht sechzig Menschen in denkbar schlechtem Gesundheitszustand starrten ihn schweigend und fragend an. Er konnte selbst nicht sagen warum er nicht einfach zurückging, warum er völlig furchtlos durch die Gänge streifte. Riesige Hallen, die wohl niemand unter der Kuranstalt vermutete. Geheime Räume mit Menschen, ganz offensichtlich Menschen aus fremden Ländern. Weiße Lieferwagen mit der Aufschrift „Kurzentrum Baden" müssten normalerweise nicht hier unten in diesem Abschnitt stehen.

Auf dem spontanen Erkundungsgang erwischt zu werden würde seinen Kuraufenthalt vermutlich rasch und endgültig beenden. Hermann konnte sich gegen die jetzt doch aufkommende Angst nicht länger wehren. Er wollte den Ausflug in diese Hölle beenden. Vorbei an den Menschen mit den stummen Blicken bog er in einen raummäßig erweiterten Gang, den er zuvor nicht beachtet hatte.

Tote, viele Tote. Entsetzlich verzerrte Gesichter. Auch diese Facette des Todes kannte er aus seinen Filmen. Erstickungstod. Jeder CSI-Seher hatte das die Forensiker schon oft emotionslos sagen gehört.

Alte Badewannen, der seinen im Zimmer nicht unähnlich, und Kanister mit Totenköpfen auf der Vorderseite. Schritte. Schleifgeräusche. Plötzliche Panik und Todesangst. Hermann wusste, dass er jetzt erwischt werden würde, und die Menschen, die hier unten beschäftigt waren, sicher nicht auf der Seite des Gesetzes standen. Ein nasser Fleck auf seiner Hose machte ihm klar, dass er im Moment nichts mehr unter Kontrolle hatte. Hawaii würde er vermutlich nicht mehr sehen. Im Halbdunkel ergriff er im Zurückstolpern einen Griff zu einer weiteren Tür. Die Tür schlug auf und Hermann landete in einem Lagerraum mit alten Therapieliegen. In panischer Angst konnte er die Tür gerade noch zudrücken und durch einen Spalt die grauenvollen folgenden Szenen beobachten. Ein lebloser Körper wurde in das vorbereitete Säurebad gelegt. Männer mit spezieller Kleidung und Handschuhen erledigten diese für sie scheinbare Routinearbeit. Niemand hatte ihn bemerkt. Das Glück war auf seiner Seite. Als er einen der beiden kurz von der Seite sah, hatte er seine nächste Schrecksekunde. War er doch noch vor ein paar Tagen in dessen Therapieeinheit gewesen. „Schlank durch Kräuterbäder". Zynischer kann es kaum mehr sein. Hermann wollte nur noch raus aus diesem Irrsinn.

Minutenlang und unter unglaublichen Ängsten verharrte er so lange, bis die beiden den Ort ihrer grausigen Tätigkeit verlassen hatten. Ein flüchtiger Blick auf die Wanne machte ihm klar, dass diese Flüssigkeit keine Spuren eines einstigen Lebens hinterlässt.

Den Weg in die normale Welt nach oben nahm Hermann in der für ihn am schnellsten machbaren Variante. Völlig außer Atem fiel er in seinem Zimmer auf den Boden. Nach einer ausgiebigen Dusche legte er sich aufs Bett, um eine Stunde später Klarheit darüber zu haben, dass sein Kuraufenthalt nur abrupt mit seinem Tod enden konnte. Hermann Bucher würde sein allerletztes Bad nehmen. Wiedergeburt als Frank Wegener. Man sagt ja allgemein, dass Genie und Wahnsinn eng beieinander liegen würden. Hermann war in dieser Phase seines Lebens dem Wahnsinn deutlich näher. Jetzt steht Wegener vor ihm und blickt ihn aus dem Spiegel heraus an, zufrieden und siegessicher.

Kapitel 26

Gernot, Anna

Das Abendessen war kurz. Die Teller blieben halb voll. Der Hunger war einer unglaublichen körperlichen Lust gewichen. Der Kellner hatte gerade noch Zeit sich für das großzügige Trinkgeld zu bedanken. Gernot hatte in seinem Zustand der maximalen Erregung nicht mitbekommen, dass er eine Rechnung über zweiundvierzig Euro mit einem Hundert Euro-Schein bezahlte und im Umdrehen nur noch ein kurzes – „Stimmt so“ – flüsterte. Anna und er hatten nach einem denkbar beiläufigen Gespräch über die Vorfälle in der Kuranstalt und einer kleinen Vorspeise ihre große Leidenschaft nicht mehr verbergen wollen. Sie nahmen sich bei den Händen und erzählten sich aus ihren Leben. Die Blicke, die sie sich dabei zuwarfen, wurden immer intensiver und eindeutiger. Beide waren ausgehungert und hatten große Sehnsucht nach Liebe und Sex. Erhitzte Gesichter und ihre erregten Stimmen schaukelten sich hoch. Gernot nahm seine Umgebung kaum noch wahr, zu sehr fesselte Anna all seine Sinne. Alles, was Gernot jemals an anderen Frauen attraktiv, anziehend und begehrenswert gefunden hatte, schien in Anna vereint zu sein. Er wollte sie in diesem Moment mehr als alles andere auf der Welt.

Gernots Wunsch ging im nahegelegenen Hotel Casino schon bald in Erfüllung. Ein nie gekanntes Gemisch aus Sympathie, aufrichtiger Zuneigung und aufgestauter Lust entlud sich mehrmals. So heftig, dass seine Bandscheiben mit dem Genuss, ausgehend von anderen Stellen des Körpers, nur schwer Schritt halten konnten. Anna hingegen war offensichtlich schmerzfrei und konnte kaum genug von diesem Genuss kriegen. Die Schmetterlinge in ihren Bäuchen hatten sich in einen großen gemeinsamen lüsternen Schwarm verwandelt.

Erschöpft und glücklich ließen sie nach vier Stunden voneinander ab. Beide fielen in einen kurzen aber tiefen Schlaf.

Sie erwachten fast zeitgleich, Gernot etwas nachdenklich und verunsichert.

Zu spät.

Nein, jedesmal richtig und nahezu gleichzeitig – ich liebe dich!

Ich komme zu spät.

Nein, eben nicht. Noch nie war es so schön und intensiv!

Anna, es ist großartig mit dir, aber ich bin Kurgast!

Ich entlasse dich als geheilt.

Anna, ich muss jetzt wie ein kleiner Junge erklären, warum ich zu spät in die Anstalt komme.

Oh, du tust mir leid. Jetzt ist es aber schon egal und es wäre genau das, was ich zum Wachwerden bräuchte.

Anna!

Ja?

Ich kann mich jetzt ohnehin noch nicht anziehen. So komme ich in keine Hose. Bereit zum Aufwachen?

Sag ich doch.

Kurgast Havlicek musste die Nachtglocke betätigen. Um fünf Uhr morgens hatte er Erklärungsbedarf, warum er erst zu dieser frühen Stunde in die Kuranstalt kommt.

Machen Sie bitte auf? Der Chefinspektor musste aufgrund der letzten Ereignisse in der Kuranstalt den Ermittlern zur Hand gehen. Dies im Sinne des guten Rufs der Anstalt. Harte Arbeit, die ganze Nacht.

Ein Summton, ein Dankeschön, die Tür geht auf. Ein verschwörerisches Lächeln. Auch die Dame an der Rezeption findet den Chefinspektor aus Wien zuckersüß. Schade, dass er so Rückenprobleme hat. Solche Männer bekommt man nicht leicht ins Bett. Oder wenn ihr Leiden akut wird auch schwer wieder raus.

Kapitel 27

Finzinger

Der junge Kollege Gerer, der sich zu Finzinger ins Cafehaus begeben hat, lässt den kleinen Wutausbruch über sich ergehen.

Werter Kollege, ich sitze hier, um in Ruhe über unsere Fälle nachdenken zu können, und nicht um mit Ihnen die Sportereignisse der letzten Tage durchzugehen!

Schon klar, Herr Finzinger, aber ich wollte nicht gleich mit der Tür ins Haus fallen. Außerdem dachte ich, Sie wollten einfach ein wenig abhängen.

Bringen wir es hinter uns. Was wollen Sie von mir?

Hermann Bucher hat sich verflüssigt. Wir können ihn nicht mehr zu seinem ehemaligen Chef Gröss und dessen Abschiedsbrief befragen.

Verflüssigt, sehr launige Wortwahl. Wo ist er hin?

Ja, hin – dass trifft es am besten aus meiner Sicht. Er ist verstorben. Oder wurde.

Hat ihm die Kur nicht bekommen? Baden hat doch einen guten Ruf.

Er hat sich in Flusssäure aufgelöst. Wer ihm das angetan hat ist völlig unklar. So wie die Brühe, in der seine sterblichen Überreste gefunden wurden.

Havlicek zieht die Toten ja förmlich an. Was meint er dazu?

Er wird sich bei uns melden. Er meinte nur sein Rücken ist für den Moment sein kleinstes Problem.

Also dann der Reihe nach. Der EDV-Leiter der Lottozentrale begeht Selbstmord und gesteht in einem Abschiedsbrief, dass er in seinen Nachfolger, einen höchst seltsamen EDV-Freak, verliebt war. Dieser Nachfolger wird auf einer Kur, die ihn zumindest körperlich auf seine neue Aufgabe vorbereiten sollte, in ein Säurebad geworfen und kann uns nichts mehr zu seinem ehemaligen Vorgesetzten sagen.

Finzinger, da ist noch etwas.

Ich höre.

Havlicek will seine Kur vorzeitig beenden und uns unter die Arme greifen.

Willkommen daheim. Wir gehen jetzt zurück ins Kommissariat. Der Tote vor dem Hausboot von Havlicek ist jetzt eindeutig identifiziert. Wir werden morgen mit der Frau von Jirsi Borka reden. Sie kommt zur Leichenbeschau nach Wien. Wir brauchen von ihr einen Hinweis auf den Dicken, mit dem sich Jirsi in Wien getroffen hat. Vielleicht bringt uns das weiter.

Kapitel 28

Havlicek

Was geht ab, Finzinger?

Ah, der werte Herr Kollege Havlicek. Jugendsprache. Runderneuert zurück von der Kur und gut drauf. Ein bisschen was geht immer, Herr Chefinspektor. Ich freue mich dich in unseren Hallen begrüßen zu dürfen. Was verschafft uns die Ehre des frühzeitigen Wiedersehens?

Wunderheilung und Sehnsucht nach euch. Wurde wegen guter Führung in die Heimat zurückgeschickt. Ein Bewährungshelfer, in Form des besten Physiotherapeuten den Wien zu bieten hat, wird mich begleiten. Der Mann wird Barbar genannt und bekämpft Schmerz mit Schmerz. Das Angebot konnte ich einfach nicht ausschlagen.

Ich trommle unsere Mannschaft zusammen. Wann möchtest du eine Zusammenfassung haben?

Morgen Früh reicht aus, Finzinger. Ich brauche nur dich und Gerer für die Vorgänge hier in Wien. Die Morde in der Kuranstalt werden von den Kollegen bearbeitet. Wir sind nur ein Teil der SOKO Baden. Das decken du und ich ab. Details bekommst du auch morgen. Wünsche dir einen netten Abend, ich muss mein Hausboot wieder auf Vordermann bringen.

Ay ay Käpt'n.

Havlicek lässt einen irritierten Finzinger zurück. So entspannt hat er ihn noch selten erlebt. Rechnete er doch eher mit einer Lagebesprechung bis in die späten Abendstunden. Hausboot in Schwung bringen trotz Rückenleiden ist eine neue Facette an seinem Vorgesetzten und Vielleicht-doch-wieder-Freund? So kann man ihn ja aushalten.

Havlicek nimmt ein Taxi zu seiner ersten Physiotherapiestunde und wünscht sich sehr bald wieder zurück nach Baden. Der Barbar, der seine Praxis ganz in der Nähe der Alten Donau hat, empfängt ihn mit einem breiten Grinsen, das bis zu seinen markant abstehenden Ohren reicht.

Grüß Gott, der Herr Chefinspektor. Wo zwickt es denn?

Der Rücken. Hier meine Behandlungsunterlagen inklusive MRT-Bilder.

Sehe schon. Das wird ein Mordsspaß mit dir, Gernot!

Danke, Ronald.

Turne bis zur Urne!

Bitte?

Ob es jemals besser wird, kann ich dir nicht versprechen, aber wenn du nicht regelmäßig turnst garantiere ich, dass es jährlich schlechter wird! Weil wer heute keine Zeit hat für seine Gesundheit, braucht morgen viel Zeit für seine Krankheit. Kopf hoch, alles wird gut und noch viel viel besser.

Ronald war Gernot als eine Legende der Physiotherapie angepriesen worden. Überall in der Praxis hingen signierte Bilder. Bilder von Boxweltmeisterinnen, Ballett-Tänzerinnen und -Tänzern der obersten Liga, verunfallten Spitzensportlern. Alle voll des Lobes und des Dankes für die Arbeit von Ronald. Nicht nur einmal hatte er jemandem die Karriere gerettet. Schmerz mit Schmerz zu bekämpfen war jedenfalls ein bemerkenswertes Behandlungskonzept, das Gernot in Kürze kennenlernen sollte.

Sehr stimmungsvoll hier. Ist die Musik im Preis inkludiert?

Natürlich, Schlager auf Radio Paloma. ABBA, Udo Jürgens und Helene Fischer beleben die Sinne. Los geht's Gernot, wir beginnen auf der Rüttelmaschine, kümmern uns um deine Faszien und machen dann ein Notfallprogramm, wenn einmal gar nichts mehr gehen sollte nach dem Aufstehen.

Die nächsten 45 Minuten, 20 davon auf einem Nadelkissen liegend, machen Gernot sehr devot. Ronald der Barbar lächelt, summt zur Musik. Atemlos durch die Nacht. Der Song trifft mitten in die Faszien. Geplant hatte Helene Fischer eher, die Herzen der Menschen zu treffen.

Ah, Herr Chefinspektor sind wohl etwas wehleidig!

Nein, ich stöhne nur vor Lust.

Das freut! Alles im Preis inbegriffen.

Hätte dafür auch nicht zusätzlich gezahlt.

Alles wird gut und noch viel viel besser! Und bevor ich es vergesse: Geht ned – gibds ned!

Sprüche hat sein Peiniger genug auf Lager. Nachdenklich aber nahezu schmerzfrei verlässt Gernot die Folterkammer in Richtung seines Hausboots. Drei barbarische Folgetermine im Kalender eingetragen.

Finzinger hatte es mit seinem „Ay ay Captain“ ziemlich gut getroffen. Heute Abend ist Captain‘s Dinner. Anna wird ihn das erste Mal in seiner ausgefallenen Wohnstätte besuchen. Gut gelaunt geht Gernot seinen Steg in Richtung Eingangstür und öffnet die Tür mit einem fünfstelligen Code. Schlüssel waren gestern. Alexa öffne die Jalousien! Hallo Gernot, gerne mache ich das für dich. Alexa, gedimmtes Licht. Licht wird gedimmt, Gernot. Alexa, Klimaanlage auf 22 Grad. Ist erledigt Gernot.

Hightech ist heute kein Problem. Seine elektronische Haushaltshilfe inklusive Raumüberwachung mittels eingebauter Kamera machen sein Boot zu einer äußerst angenehmen und sicheren Bleibe.

Einbruch erfolgt aber in Zeiten wie diesen nicht nur durch die Türen oder Fenster. Längst hat sich Hermann aka Frank in das Haushalts-Steuerungssystem gehackt und nimmt gemeinsam mit Alexa, als virtuelles Paar, am Leben von Gernot teil. Hermann hat seine Skepsis nicht abgelegt. Der Chefinspektor könnte etwas von der Wandlung von Hermann Bucher zu Frank Wegener mitbekommen haben. Zu spontan war Hermanns Entscheidung seine Identität zu ändern. Zweifelsohne ist es für ihn jetzt leichter, selbst als Gewinner des Lotto- Jackpots auftreten zu können. Er ist als Frank Wegener nicht mehr Mitarbeiter der Lottogesellschaft und muss den Gewinn nicht über einen Strohmann abholen lassen. Er ist überzeugt, dass diese kleine Schwachstelle auf hervorragende Art und Weise beseitigt wurde. Lediglich Havlicek kann ihm noch gefährlich werden. Zu nah war er in der heiklen Phase in der Kuranstalt an ihm dran. Vermutlich hatte sich Havlicek auch noch in seinem Zimmer in der Anstalt umgesehen. Mit Sicherheit weiß der Chefinspektor, dass er - Hermann - die Leitung der EDV-Abteilung in der Lottozentrale übernehmen sollte. Nicht gut, befindet Hermann.

Hermann wird den heutigen Abend mit Gernot, Anna und Alexa verbringen. Essen gibt es zwar nur für zwei, aber Hermann und Alexa sind sehr genügsam. Smart Home macht Spaß, der Fortschritt hat seine guten Seiten. Live TV ist besser als Pay TV. Hermann führt Regie.

Kapitel 29

Finzinger

Liebe Frau Gröss, es tut mir leid, dass ich Sie zum Tod Ihres Sohnes befragen muss. Zu viele Ungereimtheiten gibt es noch in dieser Angelegenheit. Wir haben einen Abschiedsbrief in seiner Wohnung gefunden. Eine unbekannte Zeugin spricht aber von einem möglichen Mord. Wir müssen der Sache nachgehen. Darf ich das Gespräch mit Ihnen aufzeichnen?

Wird nicht schwer zu merken sein was ich zu sagen habe, aber gerne Herr Finzer.

Finzinger.

Sag ich ja.

Der Plan von Finzinger, die Telefonstimme der anonymen Anruferin mit der von Frau Gröss im Labor abgleichen zu lassen, erledigt sich bereits nach kurzer Zeit.

Dann lassen Sie uns bitte beginnen.

Ich war's!

Sie haben ihn vom Dach gestoßen?

Nein, ich habe angerufen. Ist anscheinend wirklich besser, dass Sie ein Band mitlaufen lassen.

Bitte erzählen Sie weiter!

Mein Sohn hat mir das Leben immer schwer gemacht. Seine Homosexualität war für mich ein großes Problem. So habe ich ihn nicht erzogen. Das hat keine fürsorgliche Mutter verdient. Ich habe einen Mann aus ihm gemacht. Einen Mann, der sein Vater nie war. Davonlaufen vor der Verantwortung und mich alleine lassen mit dem Buben.

Hatte ich doch schon alles für ein Enkelkind vorbereitet und seine Babysachen von damals aufgehoben. Die Schande.

Frau Gröss...

Hören Sie mir bitte wenigstens zu, mein Sohn konnte auch das nicht. Er war mit seinen Gedanken immer anderswo. Auf seine Mutter hat er nie gehört. Ich konnte es nicht ertragen auch noch einen Selbstmörder auf die Welt gebracht zu haben. Deshalb und nur deshalb habe ich die Polizei auf eine falsche Spur bringen wollen. Die Schande.

Sie wussten von seinem Vorhaben?

Schlimmer, er hat mich kurz davor, als er auf dem Weg zur Dachterrasse war, angerufen. Ich musste nichts beobachten, war auch weit weg von der Lottozentrale. Wie krank muss ein Mensch sein, um seine Mutter sogar noch kurz vor dem Ende so zu quälen? Wieso hat er mir das angetan?

Ja aber warum haben sie dann nicht sofort ...?

Diese Schande!

Frau Gröss!

Kann mich jemand nach Hause bringen, ich habe nichts mehr zu sagen.

Haben Sie den Selbstmord denn nicht mehr verhindern können?

Herr Finzer, ich bin müde.

Fin-zin-ger.

Das Knacken des gestoppten Aufnahmegerätes klang lange in den Ohren von Finzinger nach.

Der Stimmenabgleich war nur noch Formsache und bestätigte seine Vermutung. Frau Gröss hätte ihren Anruf und die falsche Fährte, die sie damit legen wollte, niemals leugnen können. Hatte sie vielleicht auch nie vor. „Wenn jemand gestoßen wird, bevor er springt, könnte das doch auch Mord sein?“ – fragte Frau Gröss und legte auf.

Finzinger wählt die Nummer von Havlicek und informiert ihn über den Fall, der keiner war, bevor er in sein Stammcafe verschwindet. Zumindest dieser Todesfall ist geklärt. Rasch, aber mit einem sehr bitteren Beigeschmack. Den muss er jetzt mit seinem obligaten Nachmittags-Kaffee runterspülen.

Im Übrigen kann er jetzt in Ruhe über den Tod von Jirsi nachdenken.

Kapitel 30

Havlicek

Das Essen war ihm gelungen. Der Rotwein tat sein Übriges. Anna war ihm so nah. Und doch hatte er manchmal das unbestimmte Gefühl, etwas würde sie belasten. Noch hatte er nicht den Mut gefunden, sie daraufhin anzusprechen. Anna ließ ihren Kopf auf seine Schulter fallen und begann mit geschickten Fingern die Knöpfe seines Hemds zu öffnen.

Hermann konnte seinen Blick nicht vom Bildschirm nehmen. Durch die Kameralinse von Alexa hatte er einen Weitwinkelblick ins gesamte Wohnzimmer. Die Couch in der Mitte des Raumes, dahinter schimmerte das Wasser der Alten Donau durch das große Fenster hindurch. Die Silhouetten von Uno City und Donauturm sind im Hintergrund zu erahnen. Der Würstelstand „Schach Matt“ hatte um diese Zeit längst geschlossen. Was in den nächsten Minuten passieren würde, hatte mit Sicherheit keine Relevanz für ihn, spannend war es allemal. Trotzdem beschloss Hermann, dass es ihm zu privat wurde, und er ging auf den Bildschirmschoner. Gelegenheit sein Abendessen zu genießen. Salat und Obst. Frank Wegener lebt gesund.

Kaum dass der Bildschirm dunkel wurde, ertönte lautstark Freddie Quinn mit seinem Lied „Seemann lass das Träumen“. Das Bild des Computers von Hermann aktiviert sich sofort und zeigt einen Chefinspektor mit säuerlichem Gesicht und eine Anna, die ihren Oberkörper in eine aufrechte Position schnellen lässt. Türglocke. Schiffsglocke. Ungebetene Gäste.

Gernot steht auf und nimmt sich fest vor, bei nächster

Gelegenheit die Glocke gänzlich zu deaktivieren. Was er vor einem Jahr als Klingelton noch witzig fand, ist heute ein Stimmungstöter. Anna kann sich zwar ein Kichern nicht verkneifen, grübelt aber für einen kurzen Moment über den Musikgeschmack ihres Liebsten.

Die Stimmung ist für diesen Abend bei Gernot noch nicht auf dem Tiefpunkt angelangt.

Hermann bekommt via Alexa wieder Bild und Ton ins Haus geliefert. Er sitzt in einem kleinen Hotel in der Innenstadt und beißt in einen Apfel, richtet sich ebenfalls auf und erkennt am Eingang zum Hausboot einen jungen Mann, der dem Herrn Chefinspektor recht ähnlich sieht. Alexa hat auf Station zwei umgeschaltet, um etwaige Befehle des Hauseigentümers am Eingang direkt entgegennehmen zu können, doch der schweigt.

Patrick Havlicek, 17 Jahre, Sohn und Scheidungskind. Ganz offensichtlich in einem Ausnahmezustand. Er wohnt bei seiner Mutter und geht seine eigenen Wege. Diese Wege sind alles andere als gerade. Sollte er zeitnah wieder von den Drogen loskommen, so hat sein junger Körper noch eine Chance sich zu erholen, um ein geregeltes Leben beginnen zu können. Er scheint davon aber weiter entfernt zu sein denn je.

Hermann sieht einen ungewöhnlich verstörten und unsicheren Chefinspektor und summt indessen ein anderes Lied vor seinem Computer. Wolfgang Ambros, „Heroinspaziert“. „Ganz Wien storniert den Wein und raucht si nur mehr ein“. Zugegeben als Klingelton noch weniger geeignet. Für Hermann entwickelt sich der Abend prächtig. So ein Wissen über die Verwandtschaft des Herrn Havlicek kann sicher nicht schaden.

Gernot stützt seinen Sohn und bringt ihn zur Couch, auf der es bis vor kurzem weitaus gemütlicher war. Anna holt ein Glas Wasser und gibt es dem zitternden Patrick.

Anna, ich wusste nicht, dass... Es tut mir leid ich.... Patrick besucht mich ganz selten.

Gernot, das ist jetzt nicht wichtig. Patrick, was ist mit dir?

Die Bullen haben uns erwischt. Ich glaube es ist vorbei. Meine Freunde haben sie mitgenommen. Mich haben sie nicht bemerkt. Der Verkauf am leeren Parkplatz des Donauturms lief fast perfekt. Ich habe Angst. Papa hilf mir bitte.

Der totale Zusammenbruch lässt nicht lange auf sich warten. Patrick krampft sich zusammen und muss sich mehrmals übergeben.

Wie recht doch Freddie Quinn hatte. „Seemann lass das Träumen". Vorbei der traumhafte Abend. Zurück in die Realität. Gernot hatte es bislang recht gut geschafft, diesen Teil seines Lebens zu verdrängen. Er fand keinen Zugang mehr zu Patricks Leben, wusste nicht, wo er sich herumtrieb und wurde bis heute nur noch Bulle von ihm genannt. Gab ihm sein Sohn doch die Schuld daran, dass er als Scheidungskind aufwachsen musste und all seine Kindheitsträume so früh zerstört wurden. Er wollte Musiker werden und auf der Bühne stehen. Er und seine Musik. Er kam in die falsche Band. Sex, drugs and Rock'n Roll. Bis auf die Drogen ist nichts geblieben. Die Gitarre hat er für den Stoff verkauft.

Ein Blick in Richtung Anna, die sich über den jetzt unruhig schlafenden Patrick gebeugt hat, um nochmals seinen Puls zu ertasten, macht ihn sicher. Sie wird nicht davonlaufen.

Gernot, ich denke es ist besser wenn ich heute nicht hierbleibe.

Ja.

Lass es mich wissen, wenn du etwas brauchst.

Ich wollte dir noch sagen, dass...

Ein anderes Mal.

Danke für deine Hilfe mit Patrick. Er ist ein guter Junge.

Ich glaube auch. Er braucht dich jetzt, Gernot!

Ich weiß.

Lauf nicht davon.

Nein.

Soviel Glück hatte sich Hermann gar nicht erwartet. Er hatte mit Alexa kostbare Einblicke in das Leben von Havlicek bekommen. Sollte ihm der Herr Chefinspektor einmal zu nahe kommen, so hat er einigen Stoff für ein Tauschgeschäft in der Hand.

Gernot Havlicek ist mit seinem Sohn alleine. Der schläft jetzt etwas ruhiger und wird von seinem nachdenklichen Vater betrachtet.

Anna ist seit gut zwei Stunden nicht mehr da. Er hat noch versucht sie anzurufen. Sie hat nicht abgehoben. Sie läuft nicht davon, hat er sich immer wieder selbst versichert.

Es bleibt im Moment nur noch das unbestimmte Gefühl, dass ihn Alexa anstarrt.

Alexa, Licht aus.

Licht aus, Gernot.

Gute Nacht, Herr Chefinspektor, Frank Wegener loggt sich jetzt auch aus. Er übergibt die Steuerung wieder an Alexa und sichert noch den Mitschnitt der letzten Stunden.

Ein Free TV Abend ganz nach dem Geschmack von Hermann.

Kapitel 31

Havlicek, Finzinger

Kommissariat Donaustadt. Morgenstimmung. Kaffeegeruch in allen Gängen. Hier werden Klischees noch gelebt und geliebt. Kein Beamter ohne das Wiener Traditionsaufgussgetränk in Händen. Als kämen die Gehirnzellen ausnahmslos nur mit Koffein in Schwung. Am Weg zu Besprechungsraum 3 sieht Havlicek eine Gruppe Jugendlicher auf einer der ungemütlichen Holzbänke am Gang sitzen. Bewacht von zwei Justizwachebeamten. Zweifelsohne hatte es sein Sohn besser getroffen. Er schläft noch auf dem Hausboot. Seine Freunde werden hier in Kürze in den Vernehmungsraum gebracht. Spannend genug ob sie ihren Freund verraten werden oder nicht. Und auch für ihn selbst war das von Bedeutung, denn ein Spitzenbeamter der Kripo mit einem Drogen-dealenden Sohn liefert kein schönes Bild.

Nur ungern hatte Gernot Patrick alleine gelassen, wusste er doch, dass er ihn dort nicht einsperren konnte. Das Gespräch mit ihm heute Nacht ließ jedoch ein klein wenig Hoffnung aufkommen. Patrick versicherte ihm auf ihn zu warten. Immer wieder hatte er ihn Papa genannt. Der Bulle kam ihm nicht mehr über die Lippen. Aus der Distanz betrachtet konnte ihm Gernot seine Wut auf ihn nicht einmal verübeln. Gernot hatte seiner Karriere bei der Kripo Wien alles untergeordnet. Schon zu Zeiten, als seine Ehe noch aufrecht war, überließ er die Sorge um ihren gemeinsamen Sohn nahezu vollständig seiner Frau. Unregelmäßige Dienste, ständige dienstliche Verfügbarkeit, Fortbildungen

– da blieb keine Zeit für Patrick. Dachte er zumindest. Sein zeitweiliges schlechtes Gewissen beruhigte er damit, dass er sich ja schließlich für eine bessere Welt einsetzte. Nach der sehr unschönen Trennung von seiner Frau wurde alles noch schlimmer. Es gab kaum mehr Kontakt zu Patrick. Wenn er ihn dann doch einmal anrief und Patrick überhaupt ans Telefon ging, wurde er zumeist von ihm nur beschimpft. So viel fehlte ihm aus dem Leben seines Sohnes. Vielleicht gab es jetzt eine wirkliche Chance für sie beide.

Gernot wollte nur kurz ins Kommissariat, um dann am Nachmittag mit Patrick Zeit zu verbringen.

Lage- und Einsatzbesprechung. Havlicek, Finzinger und Gerer.

Guten Morgen, die Herren. Wien, Baden, vier Mal Rien ne va plus. Ein Gekreuzigter und ein Flusssäure-Opfer in der Kuranstalt. Ein Toter vor meinem Hausboot. Den Toten Nummer vier hat Finzinger bereits zu den Akten legen können. Der Anfangsverdacht auf Mord an dem EDV- Leiter Gröss ist hinfällig. Seine Mutter hat uns auf eine falsche Fährte gelockt, um sich die Schande eines selbstmörderischen Sohnes zu ersparen. Der ausgebootete EDV-Leiter Gröss hat einen negativen Karrieresprung gemacht. Final gewissermaßen.

Die beiden Tatorte verknüpfen wir zur Zeit aus einem einzigen Grund. Hermann Bucher taucht an beiden Orten auf. Vor kurzer Zeit von der Lottogesellschaft zum zukünftigen Chef der EDV-Abteilung ernannt, kann er sich nur kurze Zeit über die Beförderung freuen. Sein ehemaliger Vorgesetzter und stiller Bewunderer entscheidet sich für das unwiderrufliche Ende seiner Karriere. Bucher selbst findet einen gewaltsamen Tod in der Badewanne der Kuranstalt oder wurde dort zum Verschwinden gebracht. Spuren konnten jedenfalls keine mehr nachverfolgt werden.

Jetzt herrscht fürs Erste Personalknappheit in der Leitung der EDV-Abteilung der Lottozentrale und Ratlosigkeit bei den Kollegen in Baden. Wer hat Bucher auf dem Gewissen? Warum wurde er ermordet? Wem war der Portier im Wege? Wer hat diesen in einer derart absurden Inszenierung aus dem Weg geräumt? Es kann sich nur um ein Warnsignal an andere Personen handeln, denn sonst würde niemand ein so großes Risiko einer Entdeckung während der Kreuzigung eines bereits Toten in Kauf nehmen. Ich denke da an die organisierte Kriminalität und deren deutliche Sprache, wenn jemand aus ihren Reihen tanzt.

Dieser Bucher war doch dein Zimmernachbar, Gernot?

Ja, für wenige Tage.

Ist dir etwas aufgefallen vor seinem Tod?

Ein ziemlicher Eigenbrötler schien er zu sein, und er wirkte zuletzt, als ich ihn sah, etwas verändert. Ich könnte aber nicht sagen was es war. Gerer, befass dich bitte möglichst rasch mit seinem Umfeld. Freunde, Eltern und Kollegen, soweit diese noch leben. In seinem Zimmer lagen auffällig viele EDV-Kabel, aber ohne dazu passende Endgeräte. Vielleicht hatte er heikle Daten auf seinem Laptop, die ihm zum Verhängnis wurden. Im Bad stand ein Kanister mit einem Totenkopf drauf. Ich denke da war die Säure drinnen, bevor sie als Badezusatz für ihn verwendet wurde. Ähnliche Behälter schleppten auch die Therapeuten der Anstalt herum. Ich glaube nicht, dass es sich dabei um Heilbehelfe gehandelt hat. Die Kollegen aus Baden führen heute und morgen die Verhöre mit den Mitarbeitern der Kuranstalt. Der Direktor wollte das zuerst verbieten, hatte aber natürlich keine Chance das zu verhindern. Alleine sein dahingehender Versuch gibt aber zu denken.

Jirsi Borka wurde sehr unsanft behandelt, bevor er erwürgt und dann in die Alte Donau geworfen wurde. Fellner meint mit bloßen Händen, die Würgemale am Hals waren nicht zu übersehen. Wir tappen derzeit völlig im Dunkeln, was den oder die Täter betrifft.

Gerer, bleib du bitte dran an Borka. Befrage nochmals seine Frau. Finzinger und ich fahren nach Baden.

Machen Sie Ihr Spiel, Herr Chefinspektor. Fein. Dresscode fürs Casino, Gernot?

Finzinger, dunkle Bekleidung ja, aber Katakomben statt Jackpot. Wir nehmen den Keller der Kuranstalt unter die Lupe. Ich will mich da nicht nur auf die Kollegen in Baden verlassen. Außerdem sind die mit den Verhören beschäftigt. Da wollen wir nicht stören.

Hausdurchsuchungsbefehl schon fertig?

Finzinger, den reichen wir nach, falls es etwas Sehenswertes geben sollte. Der Papierkram hält uns nur auf. Hol mich gegen 23.00 Uhr vom Hausboot ab.

Kapitel 32

Wegener

Hermanns Metamorphose zu Frank Wegener, die Wandlung des EDV-Freaks zu einem weltoffenen Reisejournalisten ist geglückt. Einmal muss er noch nach Bratislava. Gefälschte Papiere bestimmen sein Leben. Die Blankolottoscheine warten auf den mehrfachen Jackpot.

Zuerst muss Frank noch den Reisejournalisten mit Leben füllen. Einträge im Internet, Reiseberichte, einen Abriss seines bisherigen Lebens in den sozialen Netzwerken. Ein Aufwand der fürstlich entlohnt werden wird. Den Rechner des Innenministeriums mit seiner Geburtsurkunde und der Staatsbürgerschaft zu bestücken ist zwar ein Aufwand, aber in die Kategorie Problem ist es nicht einzureihen. Mit den perfekten Originalen aus Bratislava fast schon ein Kinderspiel. Die Wandlung kostet ihn Zeit, macht aber den Gewinn sicherer und die Herausforderung an sein Können noch größer.

Schnell war ein Freund von Jirsi Borka bereit für Frank Wegener zu arbeiten. War doch die Entlohnung für Jirsi zunächst großzügig ausgefallen. Dass Jirsi sein Wissen ausnützen wollte und Hermann zu erpressen begann, davon wusste sein Freund nichts. Dass die vermeintlich gute Geschäftsbeziehung etwas unterkühlt in der Alten Donau geendet hatte, war zwar in den Fälscherkreisen bekannt, wurde aber nicht mit dem Auftraggeber in Verbindung gebracht. Zu unbeholfen wirkte dieser tučko aus Wien. Keiner traute ihm eine solche Kaltblütigkeit zu.

Der Streit im Laderaum des Lieferwagens zerstörte die Träume von Jirsi innerhalb weniger Minuten. Mit voller Wucht schlug Hermann zu. Klein und schmächtig hatte ihm Jirsi wenig zur Abwehr entgegenzusetzen. Als Jirsi zu Boden gegangen war, krallte er sich an Hermann fest, seine Fingernägel hinterließen einen tiefen Kratzer in Hermanns Arm. Hermann packte ihn bei den Haaren und schlug seinen Kopf mehrfach gegen den Boden des Fahrzeugs. Die Hände von Hermann entwickelten im Zorn von ihm selbst ungeahnte Kräfte. In rasender Wut schlossen sie sich wie Schraubstöcke um den Hals von Jirsi, während er mit vollem Gewicht auf ihm kniete. Bevor Jirsi bewusstlos wurde, sah er noch sich und seine Familie am Meer. Zumindest das einte ihn mit Hermann Bucher.

Seltsam gleichgültig ließen Frank Wegener die Gedanken an Jirsi, so als ob nicht er es gewesen wäre, der ihn brutal erwürgt und spätnachts in die Alte Donau geworfen hatte. Die Verwandlung löschte ganz offensichtlich sein Gewissen aus. Er hatte alles seinem großen Ziel untergeordnet und war offensichtlich bereit und in der Lage, jede Grenze zu überschreiten.

Was er in dieser Ausnahmesituation nicht bemerkt hatte war, dass er bei dem kurzen Kampf sein Halskettchen mit dem Amulett verloren hatte. Eine Auszeichnung des Chaos Computer Clubs für den Hack des Jahres 1999. Jirsi hatte zu Beginn des Kampfes an der dünnen Kette gezogen und sie beim Loslassen unter ein Regal im Wageninneren geschleudert.

Hermann blieb stundenlang neben dem Toten liegen und wartete, bis er ihn in die nahe gelegene Alte Donau werfen konnte. Selbst das Entkleiden der Leiche und das Entfernen des Eheringes führte er ohne Skrupel durch.

Von den Delfinen und dem Reichtum zu träumen, einen Lottobetrug zu planen und deshalb kaltblütig einen Menschen zu ermorden, war nur ein kleiner Schritt gewesen. Die Angelegenheit hatte Fahrt aufgenommen und war nicht mehr zu stoppen. Zu hoch war der Einsatz, um als Verlierer aus der Sache rauszukommen. Sollte jemand seinen Plan durchkreuzen wollen, schlug diesem sein unkontrollierter Hass entgegen. War er doch viel zu lange in seinem Leben bei den Verlierern gewesen. Frank Wegener begleitet ihn nunmehr auf die Sonnenseite des Lebens.

Miroslav, der Freund von Jirsi, hatte alles vorbereitet. Bezahlt wurde in Kryptowährung, standesgemäß und sicher vor fremder Beobachtung. Noch sind Behörden und Polizei zu wenig wendig um die Abläufe des Zahlungssystems, teilweise im Darknet abgewickelt, nachzuvollziehen. In dieser Welt war Wegener wie sein Vorgänger allen Gegnern überlegen. Der Reisepass, die Dokumente und ein Personalausweis gereichten dem Fälschergewerbe in Bratislava zur Ehre. Das Foto erinnerte in keiner Weise an Bucher. Kurz geschnittene Haare, glatte Rasur und eine modische Brille hatten die Wandlung perfekt gemacht. Zufrieden verließ Frank den Treffpunkt in einem abgelegenen Keller am Stadtrand von Bratislava.

Auf der Rückfahrt mit dem Twin City Liner nach Wien hing er seinen Gedanken über die nächsten Schritte nach. Arbeitsreiche Tage erwarteten ihn.

Seine Mutter hatte er seit der Abholung seines EDV-Equipments nicht mehr gesehen. Sie, die mit dem grauenvollen Tod ihres Sohnes in der Kuranstalt nicht fertig geworden war, lag ruhiggestellt in einem psychiatrischen Krankenhaus. Frank nützte die Gelegenheit. Er konnte keinen Schlüssel verwenden, um seine restlichen Computer seines Alter Ego abzuholen. Ein Einbruch mit Diebstahl der Wertgegenstände und durchwühlte Zimmer waren zweifelsfrei ein Garant dafür, dass man nicht annehmen konnte, dass der tote Sohn auferstanden war, um seine Sachen abzuholen. Im letzten Stock am Ende eines abgewinkelten Ganges war es ein Leichtes, die Wohnungstür so zu bearbeiten, dass ein gewaltsames Eindringen nicht angezweifelt wurde.

Zwei mitgebrachte Koffer waren rasch befüllt, seine Rechner verpackt, Schmuck und das wenige Bargeld ins Seitenfach gestopft. Fast schon spielerisch warf er ausgeleerte Laden zu Boden und war mit dem Bild der Verwüstung zufrieden. In keiner Sekunde dachte Wegener an seine Mutter. Schnell war die Gewissenlosigkeit in die neue Rolle übergegangen.

Nervös machte ihn nur, dass er auch bei sich zuhause das Amulett mit der Kette nicht finden konnte. Ihm fehlte jegliche Erinnerung, wann und wo er dieses ihm so wichtige Symbol seiner Genialität verloren hatte.

Kapitel 33

Havlicek, Finzinger

Schach Matt. Ein Treffpunkt wie in alten Zeiten. Der Würstelstand unterhalb des Donauturms ernährt auch Streifenpolizisten im Nachtdienst und wurde daher von den Öffnungszeiten nicht übermäßig eingeschränkt oder kontrolliert. Es war wichtig das Auge des Gesetzes bei Kräften zu halten. Finzinger wechselte direkt von seinem Stammcafe zum vereinbarten Treffpunkt in der Nähe der Wiener Uno City. Fast konnte er ihm gegenüber das Hausboot von Havlicek An der Oberen Alten Donau erkennen. Der Chefinspektor hatte noch etwas Persönliches erledigen wollen und sollte jeden Augenblick zu ihm stoßen.

Gernot Havlicek hatte schon einfachere Zeiten erlebt. Sein kaputter Rücken, eine neue Beziehung und sein Sohn, der noch immer bei ihm Unterschlupf suchte. Seit Anna nach dem Abendessen die beiden verlassen hatte, gab es keinen Kontakt zwischen Gernot und ihr. Wieder wurde eine Beziehung, die ohnehin erst am Anfang stand, nicht durch seine Schuld beendet. Oder gab es andere Gründe, warum Anna auf seine Anrufe nicht reagierte?

Patrick lag fast so, wie er ihn verlassen hatte, auf der Couch und schien durch ihn hindurch zu starren.

Patrick, ich bitte dich heute Nacht hier zu bleiben. Deine Freunde waren heute bei uns im Kommissariat zur Einvernahme. Ich weiß nicht, ob sie etwas über dich gesagt haben. Ich kann das erst morgen bei einem Kollegen hinterfragen und muss dabei vorsichtig sein. Ich muss jetzt nochmals kurz weg.

Ich weiß Papa, du kommst gleich wieder.

Patrick, du weißt ich muss....

Ja. Wer war die Frau?

Anna.

Ist sie dir wichtig?

Ich glaube, ich habe mich in sie verliebt.

Wirst du sie auch so enttäuschen wie Mama und mich?

Sie antwortet mir im Moment nicht. Dein Auftauchen hat uns sehr überrascht. Sie wusste noch nichts von dir.

Es tut mir leid. Ich brauche dich jetzt.

Ich weiß, Patrick. Ich werde auch bei dir sein.

Heute?

Spätestens gegen vier Uhr am Morgen bin ich zurück

Ich möchte einen Entzug machen und bitte dich mich dabei zu unterstützen. Ich kann so nicht mehr weiter.

Wir stehen das gemeinsam durch, mein Sohn.

Am vereinbarten Treffpunkt wartet Finzinger bereits auf Havlicek.

Lass uns gleich aufbrechen, ich muss rasch wieder zurück sein.

Eine Frau?

Nein, mein Sohn ist im Moment bei mir.

Der verlorene Sohn braucht Geld? Hat ihn deine Frau auf dich gehetzt?

Nicht jetzt, gehen wir.

Auf der vierzigminütigen Fahrt nach Baden gingen die beiden Polizisten nochmals alle ihnen bekannten Fakten durch. Finzinger, sehr skeptisch gegenüber dem Vorhaben von Gernot, quälte ihn mit Fragen. Ihm war völlig klar, dass ein unautorisiertes Eindringen in die Kuranstalt für sie beide zumindest in einer vorläufigen Suspendierung enden konnte. Havlicek suchte immer den direkten Weg und ordnete dem Erfolg oftmals auch die Vernunft unter. Als Vertreter des Gesetzes ein nicht zu unterschätzender Spagat. Stellt sich der Fahndungserfolg spät oder gar nicht ein, werden solche Unterfangen zur echten Belastungsprobe für den gesamten Polizeiapparat. Auch das eine oder andere, durch physischen Einsatz geprägte Verhör deckt nicht jeder Vorgesetzte.

Gernot, was versprichst du dir vom Besuch in den Katakomben der Kuranstalt? Ich denke nicht, dass wir dort etwas finden, was uns weiterhilft.

Jeder hat eine Leiche im Keller. Man muss nur genau hinschauen.

Du denkst an den Kanister?

Und das letzte Bad von Hermann Bucher. Der Sonderling muss etwas gesehen haben, das nicht für seine Augen bestimmt war. Ich denke, er war auch dort unten. Neugier. Hatte vielleicht genug von der virtuellen Welt und wollte ein reales Abenteuer.

Was hat es mit dem toten Portier auf sich? Wie kommen da die Kollegen aus Baden voran?

Schleppend.

Bedeutet?

Sie stoßen auf scheinbar ahnungsloses Schweigen. Niemand scheint die Vorgänge auch nur annähernd zu verstehen. Direktor Spöttke ist total mitgenommen und vermittelt den Eindruck von Angst. Seine Kuranstalt steht in allen Zeitungen. Niemand verknüpft einen Kuraufenthalt gerne mit gewaltsamem Tod. Ist dem Geschäftsmodell nicht zuträglich.

Und der seltsame Spruch auf dem Zettel im Tabernakel, wie lautete der?

„Ich bin nackt von meiner Mutter Leibe gekommen, nackt werde ich wieder dahinfahren. Der Herr hat's gegeben, der Herr hat's genommen".

Ich denke das ist eine reine Machtdemonstration der Täter und der Auftraggeber. Sie können gottgleich alles entscheiden. Ein Leben spielt keine Rolle, wenn sie es so wollen. Alle müssen ihre Anweisungen befolgen. Bibelfest muss man da nicht großartig sein. Da genügt der Hang zum Theatralischen.

Und warum um Himmels Willen in der Kapelle der Kuranstalt? Das Risiko dabei gesehen und erwischt zu werden ist doch viel zu groß!

Könnte aber eben genau die Überlegenheit gegenüber denen, die man warnen will, zeigen.

Na dann überlegen wir, wer da den Schöpfer spielt und wem er Angst machen möchte.

Unweit der Kuranstalt ist ein wunderschöner Park. Gernot denkt gern an den Abend mit Anna zurück. Heute stellt er nur sein Auto in der Nähe ab und geht mit Finzinger durch die um diese Zeit ausgestorbene Kurstadt. Selbst die letzten Casinobesucher sind bereits auf dem Heimweg. Baden bei Nacht ist wie ausgestorben. Havlicek und Finzinger gehen dennoch im Schatten der Häuser und Bäume und halten bei jedem Geräusch inne. Im Gehen streifen sie ihre Tatorthandschuhe über. Zumindest Fingerabdrücke will man beim illegalen Eindringen in die Kellerräume keine hinterlassen.

Gernot hatte während der Schlussphase seines Kuraufenthalts genug Zeit, sich die Einfahrt zum Keller und Garagenbereich genau anzusehen. Anders als überall sonst im Außenbereich der Anstalt gab es hier keine Kameras. Leere Halterungen zierten die Einfahrt. Will man nicht wissen, ob jemand zu den unteren Räumen kommt, oder sind die Videosysteme kaputt? Diese Frage hatte Gernot schon zuletzt ins Grübeln gebracht. Für sein Vorhaben ist der Zustand in jedem Fall ideal. Der Besuch ohne Durchsuchungsbefehl nach zwei Uhr nachts ist für ihn auch deshalb in Betracht gekommen.

Kaum nähern sie sich den Einfahrtstoren, wird es unmittelbar hinter ihnen taghell, und zwei der Wäschetransporter biegen in Richtung der Einfahrt ab.

Wie auf ein Kommando springen beide Polizisten in eine Nische, die eine kleine Zugangstüre zum Keller umgibt. Nicht einsehbar für die Fahrer der Transporter steht der Besuch aus Wien und versucht überflüssiges Atmen zu vermeiden.

Atemlos durch die Nacht. Warum Gernot in solchen Momenten immer Schlager, Liedtexte und Filmtitel in den Kopf kamen, machte ihm etwas Angst. Vielleicht ein Versuch, die heikle Situation zu überspielen.

Das Rolltor öffnete sich für die Transporter und sie fuhren in einen weitgehend unbeleuchteten Bereich ein.

Das war knapp.

Finzinger hatte als Erster geatmet.

Spart uns einen aktiven Einbruch. Tag der offenen Tür. Schnell rein bevor das Ding wieder runtergeht.

Warte noch. Die fahren nicht weiter.

Es gingen in diesem Bereich der Garage keine Lichter an.

Lediglich die Standbeleuchtung der Klein-LKW's ermöglichte einen Blick ins Innere. Beide Fahrzeuge warteten offensichtlich auf etwas. Sie schalteten die Lichter und die Motoren gänzlich aus. Die plötzliche Dunkelheit gab Finzinger und Havlicek die Gelegenheit, in den Innenraum der Einfahrt zu gelangen, ohne von den Fahrern gesehen zu werden. Eine Abdeckung der Rolltormechanik schützte sie hier erneut davor entdeckt zu werden. Bis jetzt verlief der Ausflug mehr als glücklich.

Augenblicklich schloss sich das Garagentor, und die Finsternis wurde kurzzeitig intensiver.

Wie von Geisterhand bewegt schob sich keine zwanzig Meter entfernt von ihnen eine Betonwand der Einfahrt zur Seite. Wieder war ausatmen fahrlässig und Finzinger, vom Schreibtischjob verweichlicht, griff zu seiner Dienstwaffe, um etwas an Sicherheit zurückzugewinnen. Nachdem die Wand von einer unsichtbaren Mechanik auf Fahrzeugbreite weggeschoben worden war, wurde der Blick auf eine steile Abfahrt in ein weiteres Untergeschoß freigegeben. Die Transporter starteten die Motoren, gaben kurz Gas, um die Fahrzeuge wieder in Schwung zu bringen und rollten den schmalen Kanal hinunter.

Nächster Sprung um die Ecke. Diesmal kein Glück. Kein Versteck. Beide Polizisten liefen eng an die Heckwand des zweiten Fahrzeugs gepresst hinterher. Finzinger bereits schweißgebadet, Havlicek zumindest angespannt.

Nach rund hundert Metern wurde der Kanal etwas breiter und das Glück kehrte zurück. Zwei dicke rechteckige Säulen links und rechts am Ende des schmalen Bereiches gaben Deckung. Ohne es richtig bemerkt zu haben war auch die Sig

Sauer von Havlicek in seine Hand gekommen. Bullenreflex. Oftmals lebensnotwendig.

Die Szenerie änderte sich schlagartig. Die Betonwand am Anfang der Abfahrt schloss sich schnell. In einer unerwartet großen Halle wurde es plötzlich hell. Gelbliche Leuchtstoffröhren setzten die beiden Fahrzeuge in Szene. Sie hielten in einer Entfernung von fünfzig Metern von Finzinger und Havlicek an.

Zwei Fahrer und ein Beifahrer stiegen aus und gingen ohne sich umzusehen zu den Hecktüren. Sie fühlten sich offensichtlich sehr sicher und trugen einen Mundschutz und Handschuhe. Keine Chance, die beiden ungebetenen Gäste hinter den Säulen zu sehen, öffneten sie die Transporter. Gebügelte Bettwäsche und Handtücher hatte Gernot nicht mehr als Ladung erwartet. Nicht nach der Einfahrt in diesen abgelegenen, geheim gehaltenen Bereich der Kellergewölbe. Die Bilder, die sich ihnen aber jetzt zeigten, sollten sie nicht mehr aus ihren Köpfen bekommen. Jeder hinter seiner Säule starrten sie auf eine menschliche Tragödie.

Pro Fahrzeug waren rund vierzig Leiber dicht aneinandergepresst, sie zu zählen war aus der Entfernung völlig unmöglich. Manche stehend, andere liegend oder bereits erdrückt von der restlichen Masse, manche erstickt. Der Geruch aus den Fahrzeugen war innerhalb kurzer Zeit bis zu ihnen vorgedrungen. Die Fahrer bewegten jeweils eine Holzleiter zur Fahrzeugkante, und die ersten Personen begannen sich ungelenk aus dem Wagen zu bewegen. Gernot, der seinen Großvater in Mauthausen verloren hatte, erinnerte diese Szenerie an die grauenvolle Zeit des Holocausts, und er konnte sich nur mit Mühe disziplinieren, um nicht mit entsicherter Waffe nach vorne zu stürmen. Ein Blick auf Finzinger machte ihm klar, dass er von diesem im Moment keine Unterstützung zu erwarten hatte. Kreidebleich und durch den Gestank, der aus den Fahrzeugen kam, war es eher ein Wunder, dass sie durch einen Zusammenbruch seinerseits nicht aufflogen.

Schlepper in der Kuranstalt. Massentransporte von Flüchtlingen aus aller Herren Länder. Fast ausnahmslos junge Menschen, die in der Hoffnung auf ein besseres Leben alles riskierten. Für manche endete die lange Reise in diesem Keller der Kuranstalt.

Gernots Gedanken rasten. Es galt rasch eine Entscheidung zu treffen. Menschenleben mussten gerettet, Schlepper unschädlich gemacht werden.

Die Transporter wurden zügig entladen, die leblosen Körper weggetragen. Dass drei Therapeuten der Anstalt dem Transportpersonal dabei halfen, war für Gernot keine Überraschung mehr.

„Herr Chefinspektor ...wenn's ein Problem gibt, rufen Sie einfach ‚Markus'".

Dieser Markus löst also auch in der Nacht Probleme. Die Träger der Plastikkanister mit dem Totenkopf darauf unterstützen Markus bei seinem grausigen Treiben.

Finzinger steht noch immer unbeweglich und sichtlich geschockt hinter der Säule. Langsam wendet er seinen fragenden Blick zu Havlicek. Der Chefinspektor ist ungewöhnlich starr und steht in der bleichen Hautfarbe Finzinger um nichts nach. Sein Blick ist auf die plötzlich aufgetauchte einzige Frau in der Halle gerichtet. Es ist nicht die Therapeutin, die durch ihre forsche Art bei der Moortherapie aufgefallen ist. Die Frau, die Gernot jetzt sieht, macht das eindeutig außerhalb ihres Halbtageseinsatzes als Kurärztin in der Anstalt, diese Frau hat ihr Mobiltelefon aus gutem Grund ausgeschaltet und ist für ihn deshalb nicht erreichbar.

Die Fahrzeuge der Schlepper waren fertig entladen und die Spuren und Exkremente im Innenraum wurden sofort mit Hochdruckreinigern beseitigt. Die Überlebenden wurden in einen anderen Raum gebracht, gefolgt von einer fahrig wirkenden Dr. Guter. Fünf Tote kamen auf einen Rollwagen, nachdem die Ärztin sie sichtlich nervös flüchtig untersucht hatte, und die Therapeuten verschwanden mit ihnen in einem Seitengang der Halle. Der Spuk war vorbei.

Havlicek und Finzinger hatten die Wahl. In wenigen Augenblicken im Schatten der Transporter die Chance zu suchen, die jetzt wieder dunkle Halle zu verlassen. Oder im Schutz der folgenden Dunkelheit weiter die Katakomben zu erkunden.

Für Gernot war die Entscheidung bereits gefallen. Finzinger fürchtete die Gedanken von Havlicek lesen zu können. Sein starrer Blick auf die Frau war ihm nicht entgangen. Das Licht in der Halle ging wieder aus und die Motoren der Fahrzeuge starteten. Ohne jegliche Beleuchtung setzten sie sich in Bewegung. Die grauenvolle Szenerie schien nie stattgefunden zu haben. Aus der großen Ausfahrt kamen zwei unauffällige weiße Wäschetransporter. Die Tore wurden geschlossen.

Kapitel 34

Wegener

Die Lieblingsfahne von Frank wehte ihm schon von weitem vom Eingang der Trafik entgegen. Lotto – Alles ist möglich. Siebenfach Jackpot am Sonntag. Es geht um mindestens elf Millionen Euro. Noch drei Tage Zeit den Plan in die Tat umzusetzen. Er war auf dem Weg zu seiner neuen Unterkunft.

Erst gestern hatte er unter seinem neuen Namen und mit seinem neuen Ausweis hier eingecheckt. Die Studentin, die das kleine Hotel in der Wiener Innenstadt untertags an der Rezeption betreute, lächelte ihn freundlich an. Einen Reisejournalisten fand sie spannend. Wollte sie doch selbst nach Abschluss ihrer Studien erstmal die Welt erkunden. Erfahrung sammeln im Ausland ist wertvoll für den späteren Beruf, und man sollte sich nicht zu früh in einem Job binden. Außerdem hatte man es sich ja nach den vielen Jahren der Entbehrung während des Studiums auch verdient etwas die Seele baumeln zu lassen. Verantwortung übernehmen musste nicht gleich sein. Die Anfangsjobs wurden meist schlecht bezahlt und das Ansparen für eine Pension ist nicht ganz so vorrangig. Kann man erst im Alter von dreißig Jahren genauso gut beginnen.

Frank ging mit dem Zimmerschlüssel in der Hand an der Rezeption vorbei, unbemerkt von der jungen Dame, die in einen Reisekatalog vertieft war.

In dem kleinen Appartement hatte er seine gesamten Computer aufgebaut, die für seine nächsten Schritte notwendig waren. Das Hotel hatte unter anderem mit einem superschnellen Internet geworben, um ausländische Programmierer bei ihren Einsätzen als Leiharbeitskräfte in Wien bestmöglich zu unterstützen. Frank profitierte davon. Der Rest des gebotenen Komforts war ihm nicht annähernd so wichtig.

Er hatte sein Equipment für den großen Moment vorbereitet, ausgetestet und konnte sich jetzt daran machen, seinen Lebenslauf als Reisejournalist im Internet abzubilden. Er untermauerte damit seine Identität, und niemand würde jemals daran zweifeln wer er war. Die Gewinnanforderung als Frank Wegener war dann unproblematisch.

Reiseberichte gab es tausende zu jeder erdenklichen Destination. Er machte ein „Best of" daraus und setzte unter die Plagiate seinen Namen und unterschiedliche Jahreszahlen. Titel gab es deshalb keinen abzuerkennen.

Die Berichte erstreckten sich über einen Zeitraum der letzten fünf Jahre, davor hatte Frank Wegener in seiner Vitae verschiedene Studien begonnen, aber keines abgeschlossen. Er fühlte plötzlich eine Verbundenheit mit der Rezeptionistin, die ihm unaufgefordert aus ihrem Studentenleben erzählt hatte.

Ein kurzer Seitenblick auf seine neue Spielgefährtin Alexa, die auf dem Hausboot von Havlicek positioniert war, zeigte einem Standbild gleich den drogensüchtigen Sohn auf der Couch oder bestenfalls kurz aus dem Bild, wenn er auf die Toilette ging. Der Hausbootbesitzer selbst war wenig zu sehen. Hatte sich vermutlich in seine Fälle verbissen. Dieser Gedanke beunruhigte Frank etwas. Dem Mann war einiges zuzutrauen, und er hatte leider mit ihm in der Kuranstalt mehr Kontakt gehabt als ihm lieb war. Die Tatsache, dass er als Hermann Bucher einen toten Flüchtling in seiner Badewanne aufgelöst hatte, um seine Identität auf Frank Wegener ändern zu können, durfte nicht ans Licht kommen. Hatte ihm das Schicksal durch seinen, von Neugier getriebenen Ausflug in die Kellerräume, doch so sehr in die Hände gespielt und seinen Plan perfektionieren lassen. Das Glück des Tüchtigen war ihm auch hold gewesen, und er wurde beim Transport des Toten in sein Zimmer in einem Wäschewagen nicht aufgehalten. Da will man am Ende des Tages nicht mehr verlieren. Vor allem das Gefühl der totalen Überlegenheit gibt man nur sehr ungern auf. Leider hatte er keine Gelegenheit mehr gehabt, den leeren Säure-Kanister zu entsorgen. Dieses Rätsel würde aber kaum jemand lösen. Die Kripo in Baden trat am Stand und konnte bisher kein Motiv finden, warum jemand dem Programmierer so übel mitgespielt hatte.

Weit nach Mitternacht beendete Frank die Arbeit an der Dokumentation seines virtuellen Lebens und war wie immer, wenn er EDV-Systeme hintergangen hatte, mich sich zufrieden. Selbst die großen Anbieter wie Facebook und Wikipedia hatte er mit seinen Daten befüllt, und sie hatten seine manipulierten Daten akzeptiert. Das Eindringen in deren Server, ohne Spuren zu hinterlassen, war für ihn mittlerweile wie ein gemütlicher Abendspaziergang. Fast wie ein Trainingsprogramm für den großen Auftritt im Rechner der Lottogesellschaft. Und auch eine Meldeadresse, die er für die Behebung seines Gewinns benötigen würde, hatte er organisiert. Früher hätte er die Stadt Wien mit Genuss darüber informiert, wie löchrig der Zugang zum Melderegister war.

Noch drei Tage. Alles ist möglich.

Kapitel 35

Havlicek, Finzinger

Kann ich davon ausgehen, dass du noch nicht nach Wien zurückfahren möchtest?

Richtig, Finzinger.

Was hast du vor?

Wir warten eine halbe Stunde und versuchen dann weiter in die Kellerräume vorzudringen.

Wer war die Frau, Gernot?

Meine Kurärztin.

Und ich dachte, du warst in guten Händen!

War ich auch, dachte ich zumindest bis vor kurzem. Scheint aber eine Ärztin ohne Grenzen zu sein.

Der Nebenjob ist jedenfalls höchst erstaunlich und vermutlich sehr lukrativ. Lassen wir die Truppe hier möglichst rasch auffliegen. Die Kollegen aus Baden werden uns dankbar sein.

Finzinger, wir sind hier noch nicht fertig. Komm weiter.

Gernot, warum müssen wir noch mehr riskieren?

Ich dachte, ich hätte mich in Anna verliebt. Ich muss herausfinden, warum sie soetwas macht!

Und ich liebe meinen Job! War das Anna? Du und die Kurärztin, ist das dein Ernst?

Ja.

Finzinger, wenig begeistert, und Havlicek nachdenklich wie noch nie tasten sich in der Dunkelheit voran. Die mitgenommene Taschenlampe bleibt eingesteckt. Viel zu groß wäre die Gefahr durch eine Lichtquelle entdeckt zu werden.

Havlicek hatte sich die Lage der drei Türen an der gegenüberliegenden Hallenseite genau eingeprägt. Am Weg dorthin gab es zumindest nur Freifläche und man konnte nicht über irgendwelche Gegenstände stolpern. Geschätzt hatte Gernot um die fünfzig Meter bis zur Hallenwand, und tatsächlich stieß er mit den Händen nach etwas mehr als fünfzig großen Schritten gegen eine grob verputzte Mauer. Zeitgleich nahm er einen schwachen Lichtschein am unteren Rand der Wand wahr. Ein paar Griffe zur Seite, und er spürte den kalten Stahl der Durchgangstür. Ein Leichtes, den Griff zu ertasten. Finzinger, der ihm immer mit leichtem Körperkontakt auf dem Fuß gefolgt war, gab ihm zu verstehen, dass er unmittelbar neben ihm stand.

Jetzt galt es nochmals Glück zu haben. Obwohl bereits mehr als eine halbe Stunde seit der Abfahrt der Transporter vergangen war, war es keineswegs gewiss, dass in den Räumen hinter der Zufahrtshalle auch alles ruhig war. Wo waren die Flüchtlinge hingebracht worden? Gab es Wachpersonal? Viele Risiken, jetzt hier unten auf eigene Faust zu handeln.

Beide griffen wieder nach ihren entsicherten Waffen. Finzinger mit einem großen Unbehagen. Seine Ergebnisse bei den regelmäßigen Schießübungen waren immer am unteren Ende der Leistungsskala. Was auch dem Umstand geschuldet war, dass er es hasste mit der Waffe zu hantieren. In seinen gesamten Dienstjahren bisher hatte er nur einmal von der Waffe Gebrauch machen müssen. Und da hatte er sich danach rechtfertigen müssen, dass er die einzige abgefeuerte Kugel aus Versehen einem Kollegen ins Bein gejagt hatte, als ihn der flüchtende Autodieb zu einem Sprung zur Seite nötigte. Heldentaten haben einen anderen Verlauf.

Jetzt galt es aber die Vergangenheit auszublenden. Sobald die Tür aufgehen würde, mussten sie mit allem rechnen.

Finzinger, bereit?

Havliceks kaum hörbar geflüsterte Frage quittierte Finzinger mit einer leichten Berührung von Havlicek. Er wusste, dass Gernot nicht zur Umkehr zu bewegen war, und seine Chancen, hier alleine rauszukommen auch nicht zum besten standen. Flucht nach vorne wird das gemeinhin genannt.

Havlicek drückte auf die Schnalle und die alte Metalltür gab in Richtung des nächsten Raumes nach. Eine schwache Lichtquelle an der Decke des Ganges ermöglichte ihnen einen Überblick über den weiteren Weg zu bekommen. Vom Gang aus waren in relativ kurzen Abständen mehrere Seitentüren zu sehen. Allesamt alte schwere Stahltüren, farblos und leicht angerostet. Am Ende des Ganges folgte ein größerer Raum, der durch einen türlosen Mauerbogen zu betreten war.

Die Anspannung blieb ihr ständiger Begleiter. Hinter jeder Türe konnte ein Problem für die beiden Polizisten lauern.

Die Pistolen in Schussbereitschaft öffnete Havlicek den ihnen nächstgelegenen Raum.

Auch diese Tür war unverschlossen. Dahinter die Fortsetzung des Grauens, das zuvor in der Zufahrtshalle begonnen hatte. An die vierzig Menschen auf engem Raum, teils auf alten Matratzen liegend oder am Boden hockend, starrten ihnen entgegen. Stumm, aber mit einem Blick, der weitaus mehr aussagte, als wenn sie in ihrer fremden Sprache etwas gesagt hätten.

Keine Angst, wir kümmern uns um euch.

Stille.

Wir kommen bald zurück.

Stille.

Gernot, lass es gut sein, die verstehen kein Wort. Gehen wir weiter. Ich denke, wir sollten sehen, dass wir hier rauskommen und die Kollegen informieren.

Vergiss nicht, wir sind hier unbefugt eingedrungen. Wir müssen das anders regeln.

Der unmittelbare Weg zurück war ihnen ohnehin verwehrt. Die Tür war von dieser Seite mit einem Knauf versehen und nur mit einem Schlüssel zu öffnen.

Im Übrigen wollte Havlicek weiter in die Katakomben der Anstalt vordringen. Zu sehr war er noch unter Schock, Anna hier unten gesehen zu haben. Warum machte sie das? Was genau war ihre Rolle? War sie jetzt noch hier unten? Was würde er zu ihr sagen, wenn sie plötzlich hinter einer Tür auftauchte? Die charmante Kurärztin als Helferin für die übelste Sorte Menschen auf dieser Welt – Schlepper.

Bis auf einen zweiten Raum waren die restlichen Räume entlang des Ganges leer, aber vorbereitet für Flüchtlinge auf Zwischenstation und für einen Weitertransport in andere Länder Europas. Alles bestens getarnt unter einer altehrwürdigen Kuranstalt im Herzen von Baden.

In der Verlängerung des Ganges näherten sie sich einer deutlichen Raumerweiterung. Der sich auftuende Anblick war unter der schwachen Deckenbeleuchtung kaum zu ertragen. In einer Art Waschhalle standen alte Wannen aus den Therapieräumen im Kreis aufgestellt. Alle waren bis an den Rand mit einer trüben dünnflüssigen Substanz gefüllt.

In einer Ecke stand eine große Anzahl von Kanistern, deren Anblick Gernot Havlicek das Blut in den Adern gefrieren ließ. Bilder der letzten Tage tauchten vor ihm auf. Unvorsichtige Therapeuten mit diesen Behältern, eine Badewanne in einem Zimmer der Anstalt, in der sich Hermann Bucher aufgelöst hatte. Neben der Wanne ein leerer Kanister mit Totenkopf.

Hier unten wurden die auf den Transporten verstorbenen Flüchtlinge beseitigt. Als Schlepper gefasst und verurteilt zu werden war in diesen Tagen schon ein sehr hohes Risiko. Den Tod der Flüchtlinge bewusst in Kauf genommen oder diesen sogar vorsätzlich verschuldet zu haben, war für das Strafausmaß noch schlimmer. Zuviele Menschen wurden aus Profitgier auf engstem Raum, ohne Pausen, ohne die Fahrzeuge zwischendurch zu öffnen transportiert. Das kostete vielen, die ein neues besseres Leben wollten, genau dieses. Flusssäure löste die Probleme der Schlepper in Nichts auf.

Havlicek hatte genug gesehen. Mehr konnte selbst er als hartgesottener Polizist nicht ertragen. Hermann Bucher war in seiner Neugier anscheinend diesen Menschenhändlern auch auf die Spur gekommen und wurde dafür beseitigt. Warum nicht hier unten, sondern in seinem Zimmer, blieb ein Rätsel. Bestand doch genau dadurch die Gefahr, dass die Verbrecher aufflogen.

Finzinger war für den Moment keine Hilfe. Regungslos stand er neben Havlicek und war so stumm wie die Menschen in den Räumen davor.

Lass uns einen Weg nach draußen suchen, Finzinger.

Ja.

Der Aufgang da vorne ist vielversprechend.

Wahrscheinlich.

Finzinger, reiß dich zusammen, wir dürfen keinesfalls erwischt werden. Dass wir bisher nicht entdeckt wurden und alle anscheinend weg sind, ist schon unverschämt viel Glück.

Sehe ich auch so.

Ich mache die Tür auf und du gibst mir Deckung.

Ich versuche es.

Ich hätte es gerne konkreter, guter Freund.

Mach einfach auf.

Zum Glück hatte Spöttke um diese Tageszeit keine Sprechstunde mehr. Die perfekt mit einem großen Bücherregal getarnte Tapetenwand an der hinteren Seite des Direktorenzimmers war nur mit einem einfachen Schloss gesichert, das Gernot leicht mit seinem Dietrich öffnen konnte. Fast schon zu einfach. Stand der gesamte Ausflug in die Kuranstalt doch unter einem glücklichen Stern für die nichtautorisierte Ermittlungsarbeit. Das Erlebte verhinderte aber aufkommende Freude oder Genugtuung. Die menschlichen Tragödien waren zu groß, um sie jemals wieder vergessen zu können.

Der Bereich um die Direktion war frei von Überwachungskameras. Der Grund allzu verständlich. So konnten der Chefinspektor und Finzinger recht einfach und ungehindert durch den Seitenausgang zum Mitarbeiterparkplatz der Kuranstalt ins Freie gelangen. Ihr Fahrzeug war noch da, wo sie es vor etwas mehr als einer Stunde abgestellt hatten, am Rande des nahegelegenen Parks.

Auf der anschließenden Fahrt zurück nach Wien sprach keiner von beiden auch nur ein Wort. Havlicek, der Finzinger zu seiner Wohnung brachte, um dann zu seinem Hausboot weiterzufahren, verabschiedete diesen.

Danke, dass du mitgekommen bist.

Wie geht es weiter?

Ich komme morgen Mittag ins Büro.

Was sagen wir den Kollegen von der SOKO Baden?

Sie werden einen Hinweis von einem verdeckten Ermittler aus der Schlepperszene erhalten. Heute war der letzte Menschentransport nach Baden. Rien ne vas plus. Zumindest das konnten wir erreichen.

Und Anna?

Ich hoffe, sie hat eine gute Erklärung. Wie auch immer die aussehen kann.

Ich wünsche es mir für euch.

Ich muss sie sehen, bevor die Kollegen in Baden losschlagen.

Kapitel 36

Havlicek, Patrick, Anna

Gernot Havlicek steht das Wasser im Moment bis zum Hals. Schuld daran ist aber nicht sein Hausboot. Sein Sohn, der ins Drogenmilieu abgeglitten ist und sich bei ihm versteckt. Anna als Komplizin der Schlepperbande in der Kuranstalt. Sein nicht offizielles Eindringen in die Kellerräume der Kuranstalt. Ein unaufgeklärter Mord vor seinem Hausboot.

Das Gesamtpaket ist nicht dazu angetan, den Heilungsprozess seines Rückens zu beschleunigen. Nur unter großen Schmerzen hatte er die heutige Nacht durchstehen können. Kein Wort davon äußerte er gegenüber Finzinger. Durch und durch der harte Bulle. Seit vielen Jahren war es ihm wichtig dieses Image zu pflegen. Belohnt wurde er durch den Posten des Chefinspektors. Eigentlich war er am Ziel angelangt. Es fühlte sich aber erstaunlicherweise gar nicht so gut an. Dramatisch hatte ihn zuletzt sein Sohn daran erinnert, wie dieser Weg verlaufen war. Er hatte sein gesamtes Privatleben seiner Karriere geopfert.

Patrick schaute durch ihn hindurch, als Gernot den Wohnbereich des Hausbootes betrat. Wieder einmal hatte er sein Wort gebrochen und kam deutlich später von seinem Einsatz zurück.

Patrick, wie geht es dir?

Bitte bring mich zu einem Arzt.

Wir sollten den heutigen Vormittag abwarten. Ich muss in Erfahrung bringen, ob dich deine Freunde verraten haben. Ich muss dich bis dahin versteckt halten.

Ich schaffe das nicht mehr. Ich brauche etwas. Ich habe Schmerzen. Ich habe schon Schmerztabletten genommen. Sie wirken nicht.

Gernot greift zum Telefon. Anna hebt trotz der Tatsache, dass es gerade einmal sechs Uhr in der Früh ist, beim zweiten Läuten ab.

Anna, kannst du bitte kommen?

Wohin?

Zum Hausboot. Patrick geht es sehr schlecht.

Gib mir dreißig Minuten.

Und Anna..

Ja?

Fahre heute bitte danach nicht nach Baden in die Kuranstalt. Melde dich krank.

Warum?

Es ist besser so.

Das geht nicht.

Ich habe dich heute Nacht gesehen. Finzinger und ich waren in Baden dabei, als der Transport ankam.

Ich bin gleich bei euch.

Alexa hatte sich unmerklich bewegt. Die Kameraaugen leuchteten kurz auf. Fast könnte man meinen, sie hätten dabei schelmisch gegrinst. In Wahrheit hatte aber nur Frank Wegener diese Form des wissenden Lächelns aufgesetzt, als er wieder online gegangen war und sich sein Bildschirm automatisch eingeschaltet hatte, nachdem Havlicek sein Hausboot betreten hatte. Wer außer ihm konnte besser wissen, wo Havlicek und Finzinger die Nacht verbracht hatten. Nur sehr kurz konnte er sich aber über sein Hintergrundwissen freuen. Musste er doch in der nächsten Sekunde annehmen, dass der Chefinspektor und sein Begleiter die Katakomben der Kuranstalt und deren Geheimnisse entdeckt hatten und ihm dadurch möglicherweise einen Schritt nähergekommen waren. Die von ihm entführte und verschollen gebliebene Flüchtlingsleiche hatte große Unruhe unter den ansonsten skrupellosen Schleppern hervorgerufen. Bis zum jetzigen Zeitpunkt war der Rollentausch von Hermann und dem toten Flüchtling nicht aufgeflogen. Das musste auch mindestens bis zur Auszahlung des Lottogewinns so bleiben. Sonst waren alle Anstrengungen der letzten Monate umsonst gewesen. Diese Katastrophe musste Frank Wegener mit allen Mitteln verhindern. Seine voyeuristische Aktivität im Internet war dafür unverzichtbar und äußerst hilfreich. Das Wissen, das er alleine durch die Beobachtung am Hausboot von Havlicek machte, war Goldes wert. Ein drogensüchtiger Sohn, eine kriminelle Freundin, eine nicht vom Staatsanwalt genehmigte Hausdurchsuchung. Das Register wurde von Tag zu Tag länger. Sollte ihm der Chefinspektor wegen des Mordes an Jirsi und seiner Verwandlung von Hermann Bucher zu Frank Wegener zu nahe kommen, hatte er mittlerweile eine ganze Menge an nützlichen Informationen gegen ihn in der Hand. Sollte Havlicek seinen Plan durchkreuzen, würde er auch dessen Leben und Karriere zerstören. Bleibt abzuwarten, wie hart der Bulle tatsächlich ist. So gesehen hat also nicht nur die Kuranstalt Leichen im Keller.

„Alexa, ich liebe dich“ flüsterte Frank in Richtung seines Bildschirms und machte sich für einige weitere spannende Live-TV-Einblicke bereit. Nach der Werbung geht es weiter, würde es im Pay TV heißen. Frank hatte bis zum Eintreffen von Anna noch zwanzig Minuten.

Danke, dass du so rasch gekommen bist, Anna.

Wie geht es dir, Patrick?

Scheiße.

Ich habe etwas Methadon-Sirup für dich mitgebracht. Das wird für den Moment genügen.

Danke, woher…?

Ich arbeite auch in einer Drogenberatung und habe Zugriff auf diese Substitutionsmittel. Ich weiß wie es dir geht. Wir bekommen das schon hin.

Papa, der tote Portier in Baden.

Ruh dich zuerst aus, wir können nachher alles besprechen.

Ich habe sein Foto in der Zeitung gesehen. Er hat uns Drogen in Wien verkauft. Er hatte große Angst und wollte uns nichts mehr liefern. Wir haben ihm gedroht, dass wir ihn verpfeifen, wenn er uns hängen lässt.

Wovor hatte er Angst?

Er meinte, er hat das mit den Drogen als Nebengeschäft für sich selbst aufgezogen, und seine Bosse haben es mitbekommen. Ich glaube, er sagte etwas von Menschenhandel. Drei Tage später war er tot. Vielleicht sind wir deshalb aufgeflogen.

Diese Kuranstalt hat es in sich. Leg dich bitte in mein Zimmer und versuche jetzt einmal abzuschalten. Ich werde mir etwas überlegen.

Wenig später ist Patrick eingeschlafen, frei von den schlimmsten Entzugsschmerzen und ein wenig beruhigt, dass er mit seinem Vater sprechen konnte. Erstmals seit langer Zeit verspürte er wieder so etwas wie Geborgenheit und Hoffnung. Anna passte verdammt gut zu seinem ruhelosen Vater.

Gernot war mit Anna allein. Es gab so viele Fragen. Sein Bild von ihr war gehörig ins Wanken geraten. Er brauchte Erklärungen und hatte gleichzeitig Angst davor.

Frank stellte das Mikrofon von Alexa auf maximale Lautstärke, frei nach seinem Motto „Ein Wort sagt mehr als viele Bilder". Nur mit einer gut verständlichen Tonaufnahme würde er den Chefinspektor später zur Mitarbeit bewegen können. Es war angerichtet.

Gernot, ich habe dir vieles noch nicht erzählt. Wir kennen uns erst so kurz. Ich kann nichts für all das, was in der Kuranstalt passiert. Ich kann es auch nicht verhindern. Mir fehlt der Mut dazu.

Beruhige dich Anna, erzähle es mir einfach. Wir sind hier in Sicherheit. Niemand kann uns hören.

Vermutlich war Gernot noch nie so im Irrtum wie in diesem Augenblick. Zu selbstverständlich waren Alexa und die Smart Home-Annehmlichkeiten für ihn bereits, als dass er in ihnen eine Gefahr gesehen hätte. Dies obwohl er wusste, dass man mittlerweile schon von einem normalen TV-Gerät ausspioniert werden konnte. Ein kurzes „Alexa dimme das Licht" war der einzige Auftrag. Mit dem daraus resultierenden schlechteren Bild konnte Frank gut leben.

Die Zeltwände schlagen rhythmisch gegen die Befestigungspfosten, kleine Bänder geben ihren eigenen Takt dazu. Der Wind bewegt sie unaufhörlich. Ich liege mitten im Paradies umhüllt von feinmaschigen Stoffen, die mich von den stechfreudigen Insekten abschirmen. Eine kaum überbietbare Symphonie aus Geräuschen dringt an mein Ohr. Singende, zirpende und schnatternde Geräusche, ein buntes Durcheinander, den Stimmen der Instrumente vor einem Konzert nicht unähnlich. Alle Bewohner der Steppe Südafrikas bieten ihr eigenes Lied dar. Schon glaube ich alle Laute den verschiedenen Tieren zuordnen zu können, als ein ganz leiser Zeitgenosse am Zelt vorbeistreift. Konzentriertes Schnuppern und Vorantasten. Der Leopard hat den seltenen Geruch eines frischrasierten Menschen in der Nase. Ein heftiger Windstoss lässt das Zelt erzittern. Der Großkatze entlockt das ein kurzes Fauchen, gefolgt von einem leisen Knurren. Dass ich alleine im Zelt bin, wird mir erst jetzt so richtig bewusst. Der Guide unserer Safari hat uns instruiert sich im Gefahrenfall nicht zu bewegen. Ich höre noch seine Worte „Was sich bewegt ist Futter!". Er fügte sicherheitshalber noch hinzu „Ein lauter Leopard ist schön, ein leiser ist tödlich!"

Der Leopard hat mich bemerkt. Kein Zweifel. Ich habe gefühlt seit drei Minuten nicht mehr geatmet. Der Jäger beginnt mit seinen messerscharfen Krallen das Moskitonetz zu bearbeiten. Wenige Augenblicke später zerfetzt der Leopard in aller Gelassenheit das Netz und bewegt sich langsam auf mich zu. Ein Sprung ist nicht notwendig. Die Beute liegt wie gelähmt auf der Liege, von Fluchtversuch keine Spur. Ich überlege noch, wo ich den Schmerz zuerst spüren werde und wie lange er andauern wird. Der Todesbiss erfolgt blitzartig und ich schreie laut auf. Mein Körper zuckt ein letztes Mal...

Patrick, es ist alles gut, ich bin bei dir!

Der Leopard, die Schmerzen...

Du hast geträumt, der Entzug macht dir das Leben zur Hölle. Anna und ich sind hier.

Ich will, dass das alles ein Ende hat. Bitte! Scheiß Drogen. Ich wollte doch nur Musik machen.

Komm unter die Dusche, du bist am ganzen Körper nass. Anna begleitet dich am Vormittag in die Entzugsklinik. Ich rede inzwischen mit deiner Mutter. Wir schaffen das gemeinsam.

Ich werde alles versuchen. Ich will ein neues Leben.

Hakuna Matata! Frank hatte für heute genug gesehen und gehört. Mit diesem Wunsch war Patrick nicht allein. Ein neues Leben. Damit ist er in einer immer größer werdenden Runde.

Unglaubliches Chaos im Leben des Chefinspektors. Bevor der drogensüchtige Sohn mit einem gellenden Aufschrei im Nebenzimmer aufgewacht war, hatte Anna Gernot ihr Herz ausgeschüttet. So wie Hermann Bucher alias Frank Wegener selbst, war sie vor längerer Zeit auf das seltsame Verhalten einzelner Therapeuten und auch das des Direktors aufmerksam geworden. Solche Nähe hat ein Direktor sonst normalerweise nie zu seinen Therapeuten. Dass einer ihn einmal vor den Therapieräumen am Oberarm packte und scharf etwas zuflüsterte, ergab für Anna ein seltsames Bild. Als sie dann eines Tages in sein Büro ging, um ohne vorherige Terminabsprache mit ihm über den gestiegenen Betreuungsaufwand in der Patientenpflege und eine Erhöhung ihres Gehaltes zu sprechen, war Spöttke unachtsam gewesen und hatte seine Bürotür nicht abgeschlossen.

Der geheime Abgang an der Rückseite des Zimmers stand einen Spalt breit geöffnet. Ein für sie fataler Fehler des ansonsten akribischen Direktors.

Anna konnte ihre Neugier nicht bändigen und folgte dem schwach erleuchteten Gang, der in die Tiefe führte. Keine gute Idee.

Sie war noch keine fünfzig Meter die steilen Stufen hinab in das Gewölbe vorgedrungen, als sie unvermittelt einer der Therapeuten mit hartem Griff packte und gegen die Kellerwand drückte. Mit unglaublicher Brutalität trat er sie in den Unterleib, Anna ging stöhnend zu Boden. Dem Direktor, der stumm in unmittelbarer Nähe stand, wurde befohlen, sofort die Türen in seinen Räumen zu schließen. Abgerechnet würde mit ihm später wegen seiner grenzenlosen Dummheit. Anna wäre wohl ein weiteres Opfer der Säurebäder geworden, wenn nicht einer der Schlepper beschlossen hätte, Anna für ihre Zwecke zu verwenden.

Eine Untersuchung und Behandlung der geschwächten und teilweise kranken Flüchtlinge machte aus seiner Sicht Sinn. So konnte man einen größeren Teil der Ware lebend weitertransportieren und den Ertrag steigern. Das rechnet sich, meinte er, grinste Anna ins Gesicht und trat nochmals auf sie ein. Damit war das Aufnahmegespräch beendet. Eine Absage würde nicht geduldet werden.

Ihren Kollegen war ihr nachfolgender Ausnahmezustand zu dieser Zeit zwar aufgefallen, sie konnten diesen aber nicht wirklich zuordnen. Vielleicht war sie ja bloß überarbeitet. Oder die schwierige Zeit mit ihrem gewalttätigen Mann inklusive hässlicher Scheidung wirkte noch nach. Geredet wurde darüber nicht. Vielleicht so etwas wie eine falsch verstandene ärztliche Schweigepflicht. „Wird schon wieder, Anna!“ war das Einzige, was ihr eine Kollegin am Gang zuflüsterte.

Es war ganz einfach für die Schlepperbande. Eine Anna, die mitarbeitet, hat nichts zu befürchten. Eine Anna, die spricht, ist tot. Anna hatte nicht die Kraft sich zu widersetzen. Sie beschloss ihre neue Aufgabe als Ärztin zu sehen und den armen Kreaturen auf der Durchreise mit ihrer Tätigkeit zu helfen. Ihr Lebenswille war zu stark, um diese bestens organisierten skrupellosen Verbrecher an die Polizei auszuliefern.

Bei Direktor Spöttke nahm sie an, dass es ihm ähnlich erging. Von da an waren sie stille Verbündete, erfüllt von Angst um ihr Leben. Keiner sprach mit dem anderen ein Wort darüber. Dass Spöttkes Problem mit dem finanziellen Betrug an der Kuranstalt noch ein wenig schlimmer war als ihres, änderte nichts für sie. Sie konnte es auch nicht ahnen.

Eine kleine Gehaltserhöhung kam wenige Tage später ohne ihr Zutun.

Kapitel 37

Frank Wegener

Stolz wäre seine Mutter jetzt auf ihn. Er hatte sich völlig neu eingekleidet, gepflegtes Äußeres und einige Kilogramm weniger. So wollte sie ihren Sohn immer sehen. Alleine: Er konnte sich bei ihr nicht melden. Sein Vorgesetzter wäre zufrieden mit dem neuen EDV-Leiter. Hochbegabt und herzeigbar. Die bezahlte Kur hatte tatsächlich bei ihm etwas bewegt. Er war selbst überrascht, wie die Kilos dahinschmolzen. Entgegen des Rates des behandelnden Arztes im Kurzentrum setzte er sich selbst auf Nulldiät. Zumindest für kurze Zeit. Für seinen Charakter war die Kur aber wenig förderlich gewesen. Aus einem zu Beginn relativ harmlosen Plan, sich an der Lottogesellschaft zu bereichern, entwickelte sich sein Leben in eine gänzlich andere Richtung. Er hatte einen Menschen auf dem Gewissen. Dieser hatte auch keine weiße Weste, was den gewaltsamen Tod aber nicht rechtfertigte. Jirsi hinterließ eine kleine Tochter und eine Frau, die nicht wusste, wie es weitergehen sollte.

Hermann Bucher träumte anfangs nur von den Delfinen. Als werdender Frank Wegener ging er weiter über Leichen. Dr. Jekyll und Mister Hyde. Ohne irgendwelche Skrupel zu haben warf er den toten Flüchtling in das vorbereitete Säurebad in seinem Zimmer. Leichenschändung war kein Problem mehr für ihn. Die Wandlung erfolgte rasch und die nachfolgenden Schritte folgten kaum noch seinem ursprünglichen Plan. Die wachsende Gier hatte ihn zu einem hemmungslosen Verbrecher gemacht. Nur in kurzen Momenten nagte eine Vorform des schlechten Gewissens an ihm. Leicht abzuschütteln. Nichts konnte ihn aufhalten.

Auch der Chefinspektor durfte ihn jetzt nicht mehr stören. Er musste in die Offensive gehen.

Millionen Gründe hatte er dafür. Als wäre das Schicksal ganz auf seiner Seite, wuchs der Lotto-Jackpot auf eine Rekordhöhe. Noch nie in der Geschichte dieses Glücksspiels hatte es einen Siebenfach-Jackpot gegeben. Um die elf Millionen wurden als Gewinnsumme prognostiziert. Er musste jetzt handeln. Die Chance war mit Sicherheit einmalig. Seine Rechnersysteme waren auf den Eingriff vorbereitet. Er hatte alle Tests mehrfach durchgeführt. Das Eindringen ins System der Lottogesellschaft und das unbemerkte Verändern von Daten war niemandem aufgefallen. Es gab keine Reaktionen der internen EDV-Verantwortlichen. Er hinterließ keinerlei Spuren, egal wie oft er in den Rechner ein- und wieder ausstieg. Seine Software wurde nicht als Eindringling erkannt, es wurde kein Alarm ausgelöst. Die Systemzeit wurde von ihm für Bruchteile von Sekunden zurückgesetzt. Die Erstellung des Lottoscheines und der Ausdruck erfolgten umgehend. Bisher hatte er nur Leerscheine produziert um nicht aufzufallen. Morgen wird er mit Echtdaten reingehen. Sein Beleg wird vier Zahlenkolonnen aufweisen. Drei davon vorbereitet, eine mit den sechs richtigen Zahlen wird automatisch eingebaut. Um 19.17 Uhr beginnt die Ziehung im Fernsehen. In der Regel waren drei Minuten später alle Zahlen gezogen. Er musste sie nur in sein Template eingeben und auf den Knopf drücken. Der Datensatz wird ins System eingeschleust und mit einer notwendigen fortlaufenden Kontrollnummer versehen. Wichtig war, dass das Datenpaket aller Teilnehmer dadurch nicht größer wurde. Seine Komprimierungssoftware schaffte den nötigen Platz dafür. Die dadurch entstehenden Daten des virtuellen Scheines werden sofort an seinen bereitstehenden Drucker weitergeleitet. Zeitgleich verlässt er den Computer der Lottogesellschaft. Für wenige Augenblicke muss er dann auf sein Glück hoffen. Kommt der Druck perfekt heraus oder sind bei der blitzschnellen Übertragung Datensätze beschädigt worden? Die extrem rasche Interleitung seines Hotels musste unbedingt mitspielen. Jede kleinste Verzögerung könnte einen Abbruch bedeuten. Seine mittlerweile regelmäßigen Tests, immer um die Zeit der Ziehung, hatten alle funktioniert. Dass die nächste Ziehung am Sonntag stattfinden würde, war noch besser als die Mittwoch-Runde. Die Datenleitungen wurden sonntags von weniger Menschen genutzt. Vor allem viele der Programmierer, die in seinem Hotel wohnten, waren entweder nicht anwesend oder arbeiteten zumindest nicht.

Den heutigen Tag wollte er noch für letzte Kontrolltätigkeiten seiner Identität im Netz verwenden. Auch dabei war Perfektion gefragt. Frank Wegener durfte als Gewinner und neuer Multimillionär nicht angezweifelt werden. Schon jetzt spürte er die große Ungeduld, die in dem einen Monat der Wartezeit, die als Einspruchsfrist vor der Auszahlung des Gewinns festgelegt war, auf ihn zukommen würde. Seine Reisebuchungen für den Tag nach Erhalt des Geldes würden niemandem auffallen. Als Reisejournalist musste er frühzeitig seine Flüge sichern. Sein vorgesehener Flug mit zwei Zwischenstopps nach Neuseeland war natürlich nur ein erster Schritt. Bereits in Doha würde er seine Weiterreiseunterlagen entsorgen und den nächsten freien Flug nach Schweden nehmen. Am Ende einer aufwändigen Zickzack-Reise mit Flugzeug, Schiff und Bahn wartete Hawaii. Barzahlung sollte zumindest einen Teil seiner Spuren verwischen, wenn in letzter Sekunde etwas schieflaufen würde.

Die Konten für den großen Gewinn konnte er in der einmonatigen Wartezeit bis zur Auszahlung einrichten.

Sooft er den Plan auch durchdachte, er fand ihn genial und sicher. Selbst die Rückkehr nach Österreich blieb ihm nicht verwehrt. Später. Irgendwann vielleicht.

Ein Reisejournalist hat Glück, macht seinen Beruf zum Hobby, schwimmt im Luxus und mit den Delfinen und kommt dann wieder in seine Heimat zurück. Wer sollte das als verdächtig empfinden?

Wurde doch auch die Anonymität der jeweiligen Lottomillionäre seitens der Lottozentrale geheim gehalten. Fast schon Mittäterschaft in seinem Fall. Deren Slogan „Alles ist möglich" gefällt Frank sehr.

Kapitel 38

Havlicek, Finzinger

Guten Morgen, Gernot! Ich habe spannende Neuigkeiten für dich.

Nur gute Nachrichten, sonst muss ich dich kündigen.

Ah, wieder ganz der Alte.

Sorry Finzinger, aber ich habe momentan mehr Probleme als ich verdauen kann. Also los, sei nicht zimperlich.

Wir haben auf dein Anraten hin ein Bild des Amuletts aus dem Lieferwagen des Toten Jirsi Borka ins Internet gestellt. Treffer. Heute Früh haben wir einen Anruf aus Berlin bekommen. Es handelt sich bei der Medaille um eine Auszeichnung des Chaos Computer Clubs für den Hack des Jahres 1999. Verliehen an wen?

Sag's mir.

Tja, du wirst es nicht glauben: Hermann Bucher, unser Säureopfer aus der Kuranstalt, dein toter Zimmernachbar und Fast-EDV-Leiter der Lottozentrale. Die vom Computer Club haben das anhand der Nummer auf der Rückseite des Amuletts eindeutig identifizieren können.

Was war der Hack des Jahres 1999 ?

Der Rechner des Innenministeriums in Bonn.

Wurde da jetzt jemand zeitversetzt beseitigt? Hatte er Dinge gesehen, die besser nicht an die Öffentlichkeit gelangen sollen? Was meinst du?

Eher nicht. Er hatte keine Daten entwendet, sondern nur dokumentiert, wie schlampig die im Ministerium abgesichert sind.

Großartig, wir haben den wahrscheinlichen Mörder von Jirsi Borka, und der weilt selbst nicht mehr unter den Lebenden. Der Mann dürfte hinter der Fassade des EDV-Freaks einigermaßen abenteuerlich gelebt haben.

Es geht aber noch weiter. Die Leiche wurde kriminaltechnisch untersucht, und man hat unter den Fingernägeln der rechten Hand fremde Hautreste gefunden. Der Schluss liegt nahe, dass es sich dabei um welche von Bucher handeln könnte. Ich schlage daher vor, dass wir eine DNA-Untersuchung machen lassen.

Bin sehr dafür! Aber warum hat er Borka getötet? Wo ist da der Zusammenhang?

Ich versuche es rauszufinden.

Du wirst noch nicht gekündigt, Finzinger.

Noble Geste, Herr Chefinspektor!

Wir stellen die Mördersuche im Fall Borka vorerst mal ein. Die Motivsuche läuft auf kleiner Flamme. Erkläre du dem Staatsanwalt die Hintergründe und dass sich der einzige dringend Tatverdächtige aufgelöst hat. Ich kümmere mich jetzt um die Schlepper in der Kuranstalt

Finzinger schlenderte missmutig in Richtung des Büros des Staatsanwaltes. Hatte sich der doch einen Namen dafür gemacht, dass er keinen Fall zu den Akten legte, ohne eine hundertprozentige Aufklärung erreicht zu haben. Mit Sicherheit hatte sich Gernot den angenehmeren Teil herausgepickt. Die Schlepperbande in Baden auffliegen zu lassen würde jedenfalls mehr Freude machen.

Havlicek war keinesfalls so entspannt, wie Finzinger es vermutete. Es war ihm vollkommen bewusst, dass ein sehr gezielter und umfassender Schlag gegen die Menschenhändler geführt werden musste. Sollte es nicht gelingen, die gesamte Bande mit einem Schlag hops zu nehmen, so waren ohne Zweifel Spöttke und Anna in großer Gefahr, von diesen als Zeugen und Mittäter beseitigt zu werden. Zu naheliegend war es, dass man in diesen Kreisen nicht lange nachfragt, sondern handelt. Das Mitleid für und die Sorge um Spöttke hielt sich in Grenzen, aber Anna musste geschützt werden. An der Exekution des Portiers der Kuranstalt, der mit seinen Nebengeschäften die Schlepper offensichtlich in zusätzliche Gefahr gebracht hatte und aussteigen wollte, war klar zu sehen, dass sie jede Gefährdung ihres Geschäftsmodelles skrupellos bestrafen würden. Sogar die Breitenwirkung durch die Inszenierung in der Anstaltskapelle war ihnen ein probates Mittel, um etwaige Gegner aus dem Weg zu räumen und gleichzeitig andere Mitglieder der Organisation zu warnen. Der Nebeneffekt der Abschreckung für andere war Kalkül. Dafür nahmen sie durchaus ein höheres Risiko in Kauf.

Gernot wählte in seinem Büro die Nummer des Leiters der SOKO Baden und war gezwungen, seine Informationen unter Berufung auf eine anonyme, aber sehr ernst zu nehmende Quelle weiterzugeben.

Marian Boder, Leiter des Sonderkommandos in Baden, war sofort in der Leitung. Er konnte noch nicht ahnen, dass dieses Telefonat einen seiner Fälle aufklären und er mit seiner Mannschaft der organisierten Kriminalität einen herben Schlag versetzen würde.

Chefinspektor Boder am Apparat.

Havlicek.

Vienna Calling, wie schön.

Boder, ich räume Ihnen jetzt den Tisch etwas frei und fördere Ihre Karriere. Einverstanden?

Drah' die ned um, der Kommissar geht um.

Boder, seines Zeichens Falco-Fan der ersten Stunde, hatte es sich zur Angewohnheit gemacht, Textzeilen des toten österreichischen Musikers Hansi Hölzel an jeder passenden und unpassenden Stelle zu rezitieren. Es konnte richtig anstrengend sein mit ihm normal zu kommunizieren. Havlicek versuchte diese Marotte zu unterlaufen, indem er möglichst sachlich blieb und sich kurz fasste. Erfolglos. Keine Chance.

Sie bekommen von mir Informationen ohne Nennung der Quellen. Fragen Sie nicht nach und machen Sie es zu Ihrem eigenen Fahndungserfolg.

Klingt gut für einen Helden von Heute. Geht in Ordnung, verehrter Kollege Havlicek.

Die ehrwürdige Kuranstalt Baden ist die Drehscheibe eines Schlepperringes. Der tote Portier in der Anstaltskapelle gehörte dazu und wurde für sein geplantes Aussteigen aus der Organisation bestraft. Die Inszenierung seines Todes diente vermutlich den anderen Schleppern als Abschreckung. Keiner sollte mehr ausbrechen aus dem Kreis der Menschenhändler. „Ich bin nackt von meiner Mutter Leibe gekommen, nackt werde ich wieder dahinfahren. Der Herr hat's gegeben, der Herr hat's genommen". Die haben es ebenfalls mit Sprüchen wie Sie. Involviert sind auch einige Therapeuten. Der Direktor wird unter Druck gesetzt und lässt die Verbrecher gewähren. Der Portier plante in Wien mit Drogen sein Leben zu finanzieren. War er doch in Baden nur ein kleines Licht. Das große Geld wollte er mit Suchtgift machen.

Mutter, der Mann mit dem Koks ist da.

Boder, spielen Sie lieber It's all over Now, Baby Blue.

Havlicek als Falco-Kenner! Ganz neue Töne! Das macht Sie mir ja richtiggehend sympathisch.

Die Flüchtlinge werden mit unauffälligen Transportfahrzeugen der Kuranstalt in ein geheimes Kellergewölbe gebracht. Die Überlebenden werden für den Weitertransport vorbereitet, die Toten in Säurebädern beseitigt.

Woher haben Sie das alles?

Nächste Frage.

Was ist mit Ihrem toten Zimmernachbarn, Hermann Bucher?

Das ist Ihr persönliches Filetstück. Müssen Sie selber Out of the Dark holen. Passt irgendwie nicht rein. Möglicherweise ist er den Schleppern zu nahe gekommen.

Habe ich freie Hand bei den nächsten Schritten?

Ja, aber machen Sie Ihren Job gut. Ich würde den Direktor einbinden. Er kennt die Räumlichkeiten und kann den Einsatz mit seinem Wissen zum Erfolg führen. Passen Sie gut auf ihn auf. Die Schlepper werden ihn exekutieren, sobald sie die Gelegenheit dazu haben. Er ist einer Ihrer wichtigsten Zeugen.

Gernot hält Anna zur Gänze raus. Im Notfall wird sie die anonyme Informantin gewesen sein und geht als Kronzeugin straffrei aus. So oder so ist sie aber zu jeder Zeit in großer Gefahr.

Wollen Sie beim Zugriff dabei sein?

Nein, aber Finzinger freut sich sicher. Sie können ihn jederzeit anfordern. Er ist mit den Vorgängen in der Kuranstalt vertraut. Insider gewissermaßen.

Havlicek, dieses Telefonat macht mich nahezu sprachlos.
Würde ich hoffen, befürchte aber das Gegenteil.
Rock me Havlicek.

Sehr kauziger Typ der Kollege aus Baden. Havlicek fühlt sich plötzlich mit Finzinger sehr gut bedient. Nur kurz keimt ein schlechtes Gewissen bei ihm auf, weil er ihn an Chefinspektor Marian Boder weitergereicht hat. Falco-Fortbildung inklusive.

Kapitel 39

Gernot, Anna

Anna hatte sich bereit erklärt Patrick in die Entzugsklinik zu begleiten. Das Anton-Proksch-Institut im 23. Bezirk in Wien, ehemals gegründet als Genesungsheim, hatte die besten Ärzte des Landes und war mit Recht stolz auf die Erfolgsquote im Bereich des Drogenentzuges. War jemand von sich aus so bereit für die Heilung wie Patrick, standen die Chancen sehr gut. Anna hatte zuvor auch mit Patricks Mutter gesprochen und ihr erklärt, dass ihr Sohn den ausdrücklichen Wunsch geäußert hatte, den Entzug zu beginnen. Völlig überfordert durch den bedrohlichen Gesundheitszustand ihres Sohnes hatte sie sofort eingewilligt und Anna für ihre Hilfe gedankt. Sie hatte die Realität lange Zeit verweigert und gehofft, dass sich die Probleme von Patrick von selbst lösen würden. Ihr Leben war nach der Scheidung von Gernot ebenfalls aus den Fugen geraten. Finanzielle Nöte, zeitweilige Arbeitslosigkeit, Alkohol. Patricks Mutter hatte nicht einmal nachgefragt, woher Anna Patrick kannte. Die Tatsache, dass sich eine Ärztin um ihren Sohn kümmerte, war ausreichend.

Patrick selbst war am Tag der Einlieferung in einem etwas besseren Zustand als die letzten Tage auf dem Hausboot.

Gernot hatte im Drogendezernat über einen ehemaligen Kollegen, den er noch aus der gemeinsamen Ausbildungszeit und einigen Einsätzen als Streifenpolizist kannte, erfahren, dass die festgenommenen Jugendlichen geständig waren, alle erwischt worden waren und die Akte demnächst an das Jugendgericht gehen würde. Auf die Frage, warum Gernot dafür Interesse zeige, antwortet dieser nur knapp, dass er von der Verhaftung in der Nähe seines Hausbootes beim Dinner im Erfrischungsstand „Schach Matt" gehört hatte.

Zumindest diesmal hatte Patrick Glück und war von den Freunden nicht verraten worden. Bis jetzt nicht.

Gernot und Anna hatten vereinbart den Abend mit einem Abendessen in der Nähe der Albertina, einem Kunstmuseum in der Inneren Stadt, abzuschließen, um endlich in Ruhe über die sich überschlagenden Ereignisse ungestört reden zu können. Dass Alexa das bedauerte, muss nicht betont werden. Die spannenden Ereignisse auf dem Hausboot hatten kurzeitig eine Pause eingelegt. Ihre elektronischen Augen waren abgeschaltet und Frank Wegener konnte sich weiter vorbereiten.

Sonntag, der große Tag. Lottoziehung. Jackpot.

Kaum hatten sie im Lokal Platz genommen, nahm Gernot die Hand von Anna und erkundigte sich nach Patrick.

Alles in Ordnung, er ist voller Hoffnung. Ein Besuch ist derzeit nicht möglich, denn er soll in den nächsten vierzehn Tagen durch nichts abgelenkt werden. Es ist erfahrungsgemäß die schwierigste Zeit. Häufig Schmerzen und Unsicherheiten in Bezug auf den Willen, den Entzug tatsächlich durchzuhalten. Er wird es schaffen, Gernot! Ich bin davon überzeugt.

Ich werde ihn nicht mehr alleine lassen. Ich werde mit dir und ihm eine Reise machen.

Die Idee gefällt mir.

Ich musste heute eine Entscheidung wegen der Schlepper in der Kuranstalt treffen.

Anna erstarrt und sieht Gernot angstvoll an. Den ungeduldigen und servierwilligen Kellner schicken sie weg.

Wie meinst du das?

Ich habe dem Leiter der SOKO Baden einen Hinweis auf die Vorgänge in den Kellerräumen gegeben. Ich habe mich dabei auf eine anonyme Quelle berufen und dich, Finzinger und mich aus dem Spiel gelassen. Direktor Spöttke habe ich Chefinspektor Boder als Schlüsselfigur für den Erfolg des Zugriffs genannt.

Gernot, das kann für ihn sehr gefährlich werden!

Sie werden ihn zu schützen wissen und als Informant geheim halten. Vielleicht bekommt er sogar den Kronzeugen-Status. Mir ist wichtig, dass du weißt, dass dir nichts passieren kann.

Das ist dein Wunschtraum, aber ich verstehe dich. Es ist dein Job und diese Verbrecher müssen gestoppt werden. Ich habe schon länger mit dem Gedanken gespielt, selbst zur Polizei zu gehen. Es war für mich kaum auszuhalten, immer wieder diese armen Kreaturen zu sehen. Vor allem die vielen Toten haben mich stark mitgenommen.

Was hat dich denn daran gehindert, die Polizei zu verständigen?

Ich wurde von den Schleppern ständig bedroht. Sie haben mir sehr glaubhaft versichert, dass Spöttke und ich so gut wie tot wären, sollten sie auffliegen. Es hat mir einfach der Mut gefehlt.

Anna, ich …

Gernot, ich habe keinen Hunger mehr und bin müde. Bring mich bitte nach Hause!

Es tut mir leid.

Mir auch.

Auf der Straße vor dem Lokal hatte Anna wie in Trance selbst ein Taxi herbeigewunken und Gernot mit einem flüchtigen, traurigen Blick und einem kurzen Händedruck verabschiedet. Gernot sah dem kleiner werdenden Fahrzeug noch lange nach.

Noch vor wenigen Tagen hatte er erstmals wieder an sein Glück geglaubt. Davon war er jetzt weit entfernt.

Als er sich zum Gehen zur Seite wendet, sieht er ein Plakat, das eine Holographie-Ausstellung in der Albertina gleich gegenüber bewirbt. Etwas Ablenkung würde ihm guttun. Lange Nacht der Museen ist heute, geöffnet bis 23.00 Uhr. An Schlaf ist ohnehin nicht zu denken, sein Rücken schmerzt. Er muss den Kopf frei bekommen. Er muss seinen Sohn unterstützen. Er muss Anna wieder beruhigen und für sich gewinnen. Und er muss seinen Job gut machen. Spagat hoch drei.

Kapitel 40

Gernot

Der steile Aufstieg zur Albertina nahe der Wiener Oper hätte seinen Rücken mäßig begeistert. Geschätzt 60 Stufen, zehn Meter Höhenunterschied. Wäre fast schon Kunst für Gernot, in seiner Verfassung dort zu Fuß hochzugehen. Hat sich die Museumsleitung wohl auch gedacht und eine Rolltreppe und einen Aufzug zum höher gelegenen Eingangsbereich gebaut. Eine Vielzahl an Nachtschwärmern bewegt sich in Richtung der Ausstellungsräume. Picasso bis Monet. Helnwein. Andy Warhol bis Richter. Hologramme und Sprungbilder. Reichhaltiges Programm. Nach viel zu langer Zeit endlich wieder einmal im Museum. Der Zufall führt ihn heute in diese Räumlichkeiten. Einmal im Jahr haben alle Wiener Museen bis spätnachts geöffnet und ziehen eine große Zahl an Besuchern an.

Gernot fühlt sich wohl unter den vielen Gästen aus aller Herren Länder. Ruhe, höchstens leises Gemurmel ist in den Ausstellungsräumen zu hören. Klicken von Fotoapparaten oder rasch gezückten Smartphones ist allgegenwärtig. Kunst macht ruhig. Zwischen stillem Erstaunen und Ehrfurcht wandern die Gesichter von Exponat zu Exponat. Ein leises Hüsteln eines japanischen Gastes mit Gesichtsmaske wird schon als störender Lärm empfunden.

Chefinspektor Havlicek fühlt sich wie bei einer Observation. Man möchte nicht auffallen, aber auch nichts übersehen. Seine Augen bleiben an einem Hologramm hängen. Es ist als Sprungbild konzipiert und stellt eine Badewanne dar.

Von links betrachtet sieht man eine Badewanne bis zum Rand gefüllt mit einem Schaumbad. Bewegt man sich nach rechts, springt es nach einiger Zeit in eine mit Erde befüllte Wanne um, in der sich eine große Menge an Grünpflanzen befindet. Für einen kurzen Moment hat Gernot ein leichtes Schwindelgefühl und geht unwillkürlich wieder einen Schritt nach links. Badewanne mit Wasser. Rechts, Blumentopf-Wanne. Links. Rechts.

Die Szene wechselt und er sieht ein Gesicht vor seinem geistigen Auge. Hermann Bucher am Gang der Kuranstalt, Sekunden später Hermann Bucher aufgelöst im Säurebad seiner Badewanne. Das Bild in seinem Kopf springt hin und her. Links. Rechts. Der Kanister mit dem Totenkopf in der Ecke. Warum haben ihn die Täter stehen gelassen? Unmöglich, dass es sich dabei um ein Versehen gehandelt hat. Waren es doch mit großer Wahrscheinlichkeit die Schlepper-Therapeuten der Kuranstalt, denen Bucher in die Quere gekommen sein musste. Was war in den wenigen Tagen in der Kuranstalt passiert, dass Bucher beseitigt werden musste und der Mord nicht direkt in den Katakomben der Anstalt begangen wurde? Waren sie unter Zeitdruck? Weitaus unauffälliger in einem eigens dafür eingerichteten Raum im Keller wäre die Tat niemals aufgefallen. Genau dort, wo man die toten Flüchtlinge auflöste, um keine Spuren zu hinterlassen. Die hauseigene kleine Kläranlage schaffte es, alle im Institut verwendeten Chemikalien und Problemstoffe kompakt zu entsorgen. Keine Rückstände in der Kanalisation wären jemals verräterisch ins öffentliche Netz gekommen.

Bucher wäre nur eine von vielen Vermisstenmeldungen in Österreich gewesen.

Gernot war sich sicher, dass dieser Fall für Marian Boder nicht einfach zu klären sein würde. Auch wenn Ungereimtheiten blieben, für ihn war die Sache mit Baden abgeschlossen. So dachte er zumindest in diesem Augenblick.

Er stand mittlerweile alleine vor dem Bild mit der Wanne und hatte keine Ahnung, wie lange er so vor dem Kunstwerk verweilt hatte. Sein knurrender Magen holte ihn wieder in die Realität zurück.

Der Würstelstand Bitzinger hinter der Oper, direkt an der Rampe zur Albertina gelegen, war mindestens genauso bekannt wie die Albertina selbst. Schlange stehen war hier keine Ausnahme, sondern unvermeidlich. Jeder Wien-Führer lobte diese Einrichtung in den höchsten Tönen. Gernot holte jetzt das verpasste Abendessen nach, ganz im Stile seines „Schach Matt"-Würstelstandes im Donaupark.

A Eitrige mid am Buggl. Und a Blechsemmerl dazua!

Siaß oda schoaf? Mit oda ohne Bluad?

Mit routinierten Handgriffen platzierte der schwergewichtige Mensch hinter der Theke das Bestellte auf einem Pappteller und reichte es Havlicek. Kaisekrainer mit einem Brotanschnitt und einer Dose Bier. Dazu scharfer Senf, kein Ketchup. Hier verstand man noch die Bestellung auf gut Wienerisch. Anders als bei den vielen Pseudo-Würstelständen, Kebap-Buden und sonstigen neuartigen Imbiss-Hütten, die in Wien wie die Pilze nach einem Regen in den letzten Jahren aus dem Boden geschossen waren. Freundlich nickte Havlicek dem verdutzten deutschen Bundesbürger zu, der die für ihn unverständliche Konversation zwischen ihm und dem Mann hinter der Theke ungewollt mitgehört hatte.

Nachdem sein Magen wieder beruhigt war, fuhr Havlicek mit dem Taxi zu seinem Wohnboot an der Alten Donau. Ein brummiger Wiener Lohnfuhrwerker vulgo Taxler saß am Lenkrad eines in die Jahre gekommenen Fahrzeuges, in dem Gernot das Gefühl hatte, die Sitzfläche würde direkt auf der Bodenplatte aufliegen. Zu müde war er, um den Fahrer auf diese Unzulänglichkeit hinzuweisen. Lediglich ein leise gezischtes „Umpff" entfuhr ihm, als er sich unvorsichtigerweise etwas zu rasch in die Polsterung, die diesen Namen nicht verdiente, hatte fallen lassen. Idealer Fahrkomfort für ein Bandscheibenopfer.

Der strafende Blick des Fahrers im Rückspiegel folgte prompt. Nachdem sich die beiden auf das Fahrziel geeinigt hatten, drehte der Lenker das Radio lauter, um die Kommunikation mit Gernot erst gar nicht aufkommen zu lassen. Unzufriedene Fahrgäste wurden mit Schweigen bestraft.

Ö-Dry, ein in Österreich für seine berufslustigen Moderatoren bekanntes akustisches Medium. Sendet rund um die Uhr und bringt im Stundentakt Nachrichten. Gernot kam zu den 23.00 Uhr News zurecht und versuchte nach der Stille im Museum die Stimme des Nachrichtensprechers auszublenden. Die Headlines waren ihm ohnehin geläufig. Rein national denkende Staatenlenker als Selbstdarsteller auf der ganzen Welt verteilt. Krisenherde im Nahen Osten und IS Terror, der Europa im Würgegriff hat. Bad News hatte er nahezu täglich in seinem Beruf. Da empfand er es manchmal schon als Erholung, wenn er von den Streitereien der Promis oder den Trennungen von Schlagerstars hörte. Auch schlimm aber nicht lebensgefährlich. Von Rosenkriegen abgesehen.

Die Gedanken an Anna ließen ihn nicht los. Sie war telefonisch nicht zu erreichen. Er probierte es auf der Fahrt mehrfach. Jedesmal sprang sofort die Mobilbox an. Nachricht hinterließ er keine.

Kapitel 41

Havlicek, Finzinger, Wegener

Alexa drehte das Licht auf, ließ die Jalousien herunter und machte leise Musik. Gernot war hellwach und holte sich ein Glas Wein. Er versuchte sich mit dem Alkohol in einen Dämmerzustand zu versetzen. Die Bilder der Galerie hatten ihn aufgewühlt, an Schlaf war vorerst nicht zu denken. Finzinger hatte ihm via SMS eine Nachricht geschickt. Er solle ihn zurückrufen, Zeit egal.

Finzinger war für den Zugriff vorbereitet worden und hatte einen Schutzanzug des Sonderkommandos WEGA erhalten. Nicht ganz sein Metier. Aber er hatte nicht vor sich dieses Erfolgserlebnis entgehen zu lassen. Er wollte seinen zweiten Besuch in Baden, diesmal legal, für einen positiven Eintrag in seiner Personalakte nutzen. Mitarbeit bei der Zerschlagung eines internatioal tätigen Schlepperinges kann sich nicht jeder Polizist ins Tagebuch schreiben. Mit ein klein wenig Glück kann er sich, als einziger Ermittler aus der Wiener Gruppe, auch noch auf ein Pressefoto drängen. Der Herr Innenminister wird das sehr wohlwollend zur Kenntnis nehmen. War dessen Steckenpferd zwar im Moment die Etablierung einer berittenen Polizei für die Großstadt, so würde er sich aber nicht eines solchen Ermittlungserfolges verschließen können. Noch dazu wo er selbst ja auch an Größe gewinnen würde durch diesen Erfolg der SOKO Baden und Wien. Größe jeder Art konnte ihm nicht schaden.

Finzinger war schon nach dem zweiten Läuten am Apparat. Hatte wohl auch gerade eine schlaflose Nacht. Am

Sonntag sollte es den Zugriff in der Kuranstalt geben. Chefinspektor Boder hatte Direktor Spöttke für den nächsten Tag zu sich ins Kommissariat bestellt.

Havlicek hörte beim Telefonat mit Finzinger nur zu und stellte keine Fragen. Alexa schaute aufgeregt umher, konnte aber keine relevanten Informationen weitergeben.

Am Ende des Gespräches wünschte Gernot seinem Freund Finzinger alles Gute.

Für Alexa nicht sehr ergiebig, obwohl ihr Empfangsteil auf maximale Lautstärke gestellt war. Frank Wegener konnte sich seine Wut darüber nicht verkneifen. Die fast leere Cola-Dose knallte gegen die Wand seines Hotelzimmers und hinterließ dort einen hässlichen Fleck. Ausdruck seiner generellen Anspannung vor der Lotto Ziehung. Er kappte die Leitung zu Alexa.

Havlicek schenkte sich noch ein Glas Wein ein. Sollte nicht das letzte sein am heutigen Abend. Demnächst musste er mit Anna reden und mit Patrick in der Entzugsklinik zumindest telefonieren. Beides bereitete ihm einiges Unbehagen.

Kapitel 42

Frank Wegener – Die Ziehung

Frank war fokussiert. Noch wenige Minuten bis zur Lottoziehung. Vollgepumpt mit dem Salzburger Dosengetränk, das angeblich Flügel verleiht, obwohl ein plumper Stier als Logo dient. Passt nicht zusammen, ist aber eine Erfolgsstory und hat seinen Namensvetter Frank zum Milliardär gemacht. Hellwach und bereit für den Siebenfach-Jackpot, elfkommafünf Millionen. Er hat einem Piloten gleich ganz penibel seine Checklisten abgearbeitet. Hauptteil die Rechnersysteme. Als Nebenschauplatz die Perfektionierung seiner gewechselten Identität. So sehr er überzeugt war, dass der Wechsel von Hermann Bucher zu Frank Wegener der richtige Schritt gewesen war, so sehr bedeutete es einen erheblichen zusätzlichen Aufwand. Die Herausforderung alles perfekt zu machen hatte ihn zuletzt an seine Grenzen gebracht. Immer wieder angetrieben von seinem Traum bei den Delfinen zu sein und seinen Reichtum zu genießen, hatte er seine ganze Kraft eingesetzt.

Der Mord an Jirsi schien ihm schon sehr weit weg stattgefunden zu haben. Er hatte sich so sehr in Frank Wegener verwandelt, dass er sich nicht einmal mehr schuldig fühlte. Als hätte er damit nichts zu tun. Sicher fühlte er sich obendrein. Bucher ist ein Mörder. Dafür hat er seine gerechte Strafe bekommen und wurde in einem Säurebad aufgelöst. Wer sollte schon einen Toten vor Gericht bringen? Havlicek musste folgerichtig die Ermittlungen einstellen. Bei einem toten Tatverdächtigen gibt es nichts mehr zu ermitteln.

Und wenn Havlicek aufgibt ist alles kein Problem. Vor Finzinger fürchtete er sich nicht. Er konnte sich voll und ganz auf die Lottoziehung konzentrieren. 19.15 Uhr. Alles ist möglich. Der Fernseher stand ihm gegenüber und war eingeschaltet. Seine Rechnersyteme waren auf den unmittelbar bevorstehenden Login in die Großrechner der Lottozentrale vorbereitet, Passwörter eingegeben. Sehr vertraut waren ihm die Prozesse der EDV-Anlage. Vom Betreuer wurde er zum Angreifer. Vom geplanten EDV-Chef mutierte er zur größten Bedrohung seit Beginn der Lottoziehungen in Österreich. 19.17 Uhr. Die Moderatorin der Lottoziehung erschien am Bildschirm. Innerhalb weniger Minuten lagen die weißen Kugeln aufgereiht vor den Zusehern. Die normale Lottoziehung war fertig. Sechs Richtige: 21, 2, 6, 1, 3, 11. Lotto Plus, ein weiteres Spiel mit einer zweiten Ziehung und einem geringeren Gewinn und den Joker musste er nicht mehr abwarten. Sein Schein hatte es nicht notwendig hier mitzumachen. Sein Haupttreffer war ihm sicher. Ganz im Gegenteil konnte er diese Zeit perfekt nutzen, um seine manuellen Eingaben zu erledigen. Das System war gehackt. Die gesperrten Datenpakete waren rasch geöffnet, der zusätzliche Datensatz fertiggestellt, die Systemzeit für Bruchteile von Sekunden auf die letztmögliche Tippannahmezeit zurückgesetzt und das Paket wieder geschlossen. Er loggte sich aus und war draußen aus der Gefahrenzone. Ein Blick aufs Controlpanel zeigte ihm, dass er wie bei seinen zahlreichen Testeinstiegen keinen Alarm ausgelöst hatte. Seine Programme wurden nicht als Fremdsoftware erkannt. Sein Ausflug ins Herzen des Lottorechners blieb unbemerkt.

Ein leises Summen neben seinem Hauptbildschirm ließ sein Herz trotz seiner charakterlichen Abgebrühtheit, die er sich in den letzten Wochen zugelegt hatte, schneller schlagen. Ein dezent rosa Streifen Papier kam aus dem Drucker. Absolut ident mit den Ausdrucken in den Lotto-Verkaufsstellen. Glücksgefühl. Am Ziel seiner Reise betrachtete er den Lottoschein mit den sechs richtigen Zahlen mit einer unglaublichen Genugtuung. Aus Sicherheitsgründen druckte er auch eine Kopie des Scheines aus. Zwei Jahre harte Arbeit lagen hinter ihm. Das vormals verlachte Dickerchen hatte zugeschlagen. Schade eigentlich, dass er sie nicht als Hermann Bucher alle auslachen konnte. Keine Demütigungen mehr, kein Spott. Zum Reichtum würde er, weil der Zufall Regie führte, auch noch nach und nach ein Aussehen erlangen, das niemand mehr belächeln würde. Wie anders war sein Leben doch geworden.

Frank Wegener wird sehr bald auf Hawaii sein. Ein Monat der Vorfreude aber auch der finalen Anspannung lag vor ihm. Nach der Gewinnanmeldung musste er alle Prüfverfahren der Lottozentrale bestehen. Ein Großgewinnbetreuer wird sich bei ihm melden. Seine Ausweise und Personaldaten werden geprüft. Im Melderegister wird die Wohnadresse abgefragt. Ein ordentlicher Wohnsitz musste nachgewiesen werden.

Auf diesen Teil war er besonders stolz. Als Kunstfigur Frank Wegener ist es nicht einfach einen Wohnsitz zu haben.

Alle Daten müssen einwandfrei sein. Ein Notar wird zuguterletzt den Gewinn freigeben.

Kapitel 43

SOKO Baden – Zugriff

Landespolizeidirektion für Niederösterreich
BPK Baden, Sonderkommission Schlepperei
GZ: E7/7148-4/2019

Baden, am 19.08.2019

Sachverhaltsbericht

Zum Einsatz der SOKO Schlepperei vom 18.08.2019 unter der Leitung von ChefInsp BODER Marian ergeht folgender erster Zwischenbericht:

Einsatzort: 2500 Baden, Haus Pelzgasse 30 (Kurzentrum Baden)
Einsatzzeit: 18.08.2019, 23.15 Uhr bis 19.08.2019, 04.30 Uhr
Beteiligte Einheiten:
6 Beamte der SOKO Baden Schlepperei, 1 Beamter LKA Wien, (Landeskriminalamt LPD Wien)
2 Züge mit je 10 Beamten der EKO Cobra Wr. Neustadt (Spezialeinheit des BMfI, Einsatzzug Team Alpha und Team Delta)
Leitung des Einsatzes:
CI BODER Marian, Leiter der SOKO und CI BRUNTHALER Bernhard, Leitung Zugriffsteam der EKO Cobra
Einsatzziel:
Zugriff auf einen illegalen Schleppertransport nach Ermittlungen der SOKO Baden und angekündigt durch anonyme Hinweise nach umfangreichen Vorerhebungen

Rechtsgrundlagen:
Mündliche Erteilung der Bewilligung einer Hausdurchsuchung im obigen Objekt, sowie Festnahmeanordnung zur Anhaltung der mutmaßlichen Schlepper nach den Grundlagen der §§ 119 Abs.1 ff sowie §§ 171 ff StPO (Strafprozessordnung 1975) durch Journalstaatsanwalt Mag. Lukas Swertnig tel v. 18.08.2019, 18.10 Uhr; Begründung der mündlichen Erteilung: Gefahr im Verzuge, schriftliche Aufforderung folgt

Einsatzablauf:
Zur oa Zeit bringen sich die Einsatzkräfte des EKO Cobra, Zug Alpha u Zug Delta gemäß Lagebesprechung vom 18.08.2019, 13.00 Uhr, im Bereich des Zugriffsobjektes in Stellung.
Da mit massiver Gegenwehr und einer bewaffneten Schlepperorganisation zu rechnen ist, werden auch Scharfschützen zur Absicherung des Einsatzes auf den umliegenden Dächern postiert. Die Beamten der SOKO Baden halten sich verdeckt im Hintergrund. Alle Beamte sind mit Geschoßschutzausrüstung ausgestattet.

Lt. Aussage eines bekannten Informanten, der jedoch nicht genannt werden möchte, ist ein neuerlicher Schleppertransport, bestehend aus mind. 2 Kleintransportern mit illegalen Flüchtlingen in der Nacht zum 19.08.2019 zu erwarten.

Um 01.31 Uhr des 19.08.2019 näherten sich 2 weiße Kleintransporter mit österreichischen KZ (geschlossene Kastenwägen Marke Ford) der Kuranstalt und befuhren die Rampe zum Keller des Objektes. Vor dem Schließen des Tores erfolgte der Zugriff.

Je 4 Beamte der beiden Cobra Teams stellten sich gleichzeitig seitlich der beiden angehaltenen KFZ. Die Tatverdächtigen in beiden Kleintransportern eröffneten durch die Seitenscheiben sofort das Feuer auf die Cobra -Beamten, welche mittels Blend- u. Tränengasgranaten die Situation kurzzeitig klären konnten.
In weiterer Folge kam es jedoch zu einer neuerlichen Schussabgabe auf das Zugriffsteam. Diese Schüsse wurden offensichtlich durch im Keller wartende weitere Verdächtige auf die Einsatzbeamten abgegeben.
Durch die plötzliche, nicht vorhersehbare und lebensbedrohliche Situation der
ins Schussfeld geratenen Beamten, traten die auf den Dächern postierten Scharfschützen in Aktion.
Im Sinne des § 7 Abs.1 Waffengebrauchsgesetzes 1969 gaben sie gezielte Schüsse auf die im Kellerbereich befindlichen, bewaffneten Verdächtigen ab und konnten damit in Nothilfe die eingesetzten Cobra Beamten vor Ort schützen.

Die Abgabe von gezielten Schüssen von den postierten Scharfschützen war die einzige Möglichkeit, die eingesetzten Beamten vor unmittelbar drohendem Schaden an Leib und Leben zu bewahren.
Bei den beiden aus dem Keller agierenden Tatverdächtigen konnte anschließend nur mehr der bereits eingetretene Tod festgestellt werden.

Fünf weitere männliche Personen, vermutlich das Schlepperteam, wurden festgenommen.
2 von ihnen erlitten Verletzungen unbestimmten Grades und wurden von einem Notarztteam erstversorgt.
Die Identität aller Tatverdächtigen ist derzeit

noch ungeklärt. Sie wurden zur Erstvernehmung auf die PI Baden verbracht. Die weiteren Erhebungen sind derzeit noch im Gange.

In den beiden Kleintransportern wurden 56 mutmaßlich geschleppte Personen vorgefunden und befreit. Auch diese wurden in weiterer Folge durch das Team des Notarztwagens des KH Baden erstversorgt. 3 männliche Personen, darunter ein Minderjähriger, sind offenbar während des Transportes verstorben. Todesursache ist dzt noch nicht bekannt.

Die transportfähigen 53 Personen wurden zur Identitätsfeststellung und weiteren Unterbringung in die Flüchtlingsunterkunft Traiskirchen überstellt.

Zur Untersuchung der Schussabgaben im Sinne des Waffengebrauchsgesetzes wurde durch CI Boder die Tatortgruppe des LKA f NÖ angefordert.
Weiterer Bericht an die STA Wr.Neustadt ergeht nach Abschluss der Erhebungen unter selber GZ.

Die Leiter des Einsatzes:

BODER Marian, CI; e.h.
BRUNTHALER Bernhard, CI; e.h.

Kapitel 44

Havlicek, Boder SOKO Baden

Ö1 Frühjournal. Einen guten Morgen aus dem Journalstudio am Montag, den 19.08.2019, wünscht Ihnen Christiane Danigl- Frankenbauer. Ein Journal, das diesmal etwas länger dauern wird. Bei einem Großeinsatz der Polizei heute Nacht in Baden bei Wien wurde eine international tätige Schlepperbande ausgehoben. Es gibt mehrere Tote. Wir berichten live aus Baden…

Havlicek hatte sehr schlecht geschlafen. Alpträume inklusive. Hatte sich gefühlt mehrere Stunden von einer Seite auf die andere gewälzt. Hochzählen von eins auf zehn mit jedem Atemzug, dann wieder von eins beginnen. Hatte alles nichts genützt. Jetzt war er aber hellwach. Die SOKO Baden hatte also in dieser Nacht zugegriffen. Offenbar war der Einsatz erfolgreich verlaufen. Wenn man bei mehreren Toten von Erfolg sprechen kann. Anna. Was bedeutete diese Polizeiaktion für ihre Sicherheit. War sie jetzt aus dem unmittelbaren Gefahrenbereich. Musste sie noch weiter geschützt werden. Wer waren die Hintermänner der Schlepperbande, die vermutlich noch frei herumliefen und ein Interesse daran hatten, eine Kronzeugin zu beseitigen. Havlicek erschrak über seine Gedanken. Zuerst also privat, dann dienstlich. Das hatte er in seiner langjährigen Karriere noch nie erlebt, dass ein privates Interesse sich mit Dienstlichem mischte. Nein, vor diesem kam.

Rock me Amadeus. Boder spricht. Haben Sie schon Nachrichten gehört?

Sie unterbrechen mich gerade dabei.

Ganz großes Kino heute Nacht in Baden! Tränengas, Blendgranaten, Kampfmontur, Scharfschützen auf den Dächern. Sie haben etwas versäumt, Kollege Chefinspektor. Die Cobra von Wiener Neustadt war mit zwanzig Terrorspezialisten vor Ort. Zusätzlich natürlich unsere Leute von der SOKO. Spöttke war äußerst kooperativ, hat uns alle Infos geliefert, die wir gebraucht haben. Vor allem die Pläne von der Kuranstalt. Er hat uns alle ihm bekannten Namen der Verbrecher genannt, wirkte erleichtert, all das belastende Wissen loszuwerden. Mehr als 1000 Flüchtlinge waren in seiner Kuranstalt insgesamt zwischengelagert worden. Davon haben viele, geschätzt um die 60 bis 70, die Transporte, eingepfercht in Kleinlastern aus Italien kommend, nicht überlebt. Leider Spöttke auch nicht.

Wie darf ich das verstehen?

Wir haben ihn Samstag einvernommen, sehr ergiebig das Gespräch, hat ein paar Stunden gedauert. Er wusste von einem neuen Transport Sonntag Nacht. Dann haben wir ihn nach Hause entlassen, weil wir der Meinung waren, dass keine Flucht- und Verdunkelungsgefahr bestand. Hatte ja Familie. Wir wollten das Tete a tete mit ihm gestern fortsetzen. Leider hat er auf dem Heimweg den Zug genommen. Anders als uns lieb war. Keine schönen Bilder.

Sie haben ihn alleine was …?! Kollege Boder, schwerer Fehler, sowohl ermittlungstechnisch als auch psychologisch! Jetzt haben Sie wohl einen Kronzeugen weniger. Die Freude weiter oben wird sich in Grenzen halten.

Ich fürchte, Sie haben recht, aber wer im Glashaus sitzt, soll nicht mit Steinen werfen.

Habe ich schon mal gehört. Erklärung dazu?

Jeanny. Sie werden dich nicht finden. Zu viel Rot auf deinen Lippen.

Sie waren schon präziser.

Wenn Sie das einfordern. Sie haben mir wohl etwas vorenthalten, verehrter Kollege Chefinspektor. Sagt Ihnen der Name Guter etwas, Dr. Anna mit Titel und Vorname, um genau zu sein. Kurärztin in Baden.

Sprechen Sie weiter.

Spöttke hat uns von ihr erzählt, dass sie ähnlich wie er in diese Geschichte hineingeraten ist. Wir konnten sie noch nicht einvernehmen. Warum haben Sie mir von ihr nichts erzählt?

Darauf habe ich wohl vergessen.

Einzelhaft. Verarschen Sie jemand anderen.

Erwischt. Leugnen hilft vermutlich nicht. Ich sage nur Jenny oh Jenny.

Autsch, Foulspiel. Kommen Sie mir nicht so! Udo Jürgens, igitt!

Zweiter Versuch: Emotional.

Oh, Kollege Havlicek zeigt also Gefühl. Interessant.

Ich schlage Ihnen einen Deal vor. Sie vergessen meine kleine Vergesslichkeit. Und ich werde mich zu Ihrem Desaster mit Spöttke nicht äußern.

Das ist ein Angebot. Wiener Blut.

Kapitel 45

Havlicek, Finzinger

Gernot hatte mit Anna telefoniert. Sie war sehr aufgewühlt und nahezu panisch. Was nicht weiter verwunderlich war, denn Spöttke war tot, und sie als wichtigste Belastungszeugin in der Causa Kuranstalt war damit in höchster Gefahr. Die Vorgänge in Baden hatten auch medial große Wellen geschlagen, seit Tagen wurde darüber nahezu pausenlos berichtet. Und wie so oft hielten sich einige Boulevardmedien nicht an medienrechtliche Standards. Auf mehreren der veröffentlichten Fotos war Anna unschwer zu erkennen, und besonders viele Dr. Anna G. würde es in Baden wohl auch nicht geben. Einzig der Hinweis auf die beiden Cobra-Beamten vor ihrer Tür, die er für sie als Personenschutz hatte abstellen lassen, konnte sie einigermaßen beruhigen. Seine Beteuerung, wie wichtig sie ihm war, wurde von einem leisen Klopfen in der Leitung unterbrochen. Anruf dienstlich.

Finzinger spricht. Ich habe interessante Neuigkeiten.

Und wie geht es weiter im Text?

Unsere slowakischen Kollegen waren überraschend aktiv. Sie haben letzte Nacht eine Fälscherbande ausgehoben.

Schön für sie. Sonst noch was?

Offenbar hat unser Toter aus der Alten Donau dieser Fälscherbande angehört. Das haben die ersten Ermittlungen der Kollegen ergeben.

Jetzt wurde Havlicek hellhörig, seine schlechte Stimmung aufgrund der Unterbrechung des Telefongesprächs mit Anna wechselte schlagartig in eine langjährig antrainierte Aufmerksamkeit.

Und was haben die Kollegen sonst noch herausgefunden?

Sie haben jede Menge an Material für Dokumentenfälschungen sichergestellt. Blanko-Reisepässe der Nachbarstaaten, Wasserzeichenpapier, Personalausweise, Staatsbürgerschaftsnachweise, Stempel. Das volle Programm.

Sollte ja nicht weiter verwundern. Da waren offenbar Profis am Werk.

Allerdings gibt es da noch etwas Seltsames.

Ich bin ganz Ohr.

Papierstreifen für Lottoschein-Drucker.

Kannst du dich etwas deutlicher ausdrücken?

Die Kollegen haben auch Druckvorlagen für österreichische Lottoscheine gefunden. Ist doch einigermaßen seltsam, oder etwa nicht? Die gibt es in jeder Trafik und sonstwo.

Sehe ich auch so.

Ich werde mich mal mit den Kollegen in Bratislava in Verbindung setzen und mir die Sache vor Ort ansehen. Ist zwar nicht ganz unser Revier, aber schaden kann es nicht.

Ich bin Anfang nächster Woche im Büro. Da besprechen wir, ob wir die Sache weiter verfolgen oder eher an unsere Kollegen vom Betrugsdezernat weiterleiten.

Kapitel 46

Gernot, Anna

Gernot hatte Anna von zuhause abgeholt. Dieser Abend sollte ihnen beiden gehören, nichts und niemand würde das verhindern. Er hatte in den letzten Wochen immer wieder sein bisheriges Leben Revue passieren lassen. Die Erkenntnisse daraus waren ernüchternd. Wofür hatte er bisher gelebt? Seinen Job, immer erreichbar, immer verfügbar, alles seinem beruflichen Fortkommen untergeordnet. Freundschaften: Fehlanzeige. Beziehung: gescheitert. Patrick sein Sohn: auf Drogentherapie in der Klinik. Was hatte er einmal gelesen: „Süchtigen fehlt der Vater". Schweigend gingen sie nebeneinander durch die Innenstadt.

Liebst du mich?

Annas Frage erwischte ihn kalt. Damit hatte er nicht gerechnet. Augenblicklich brach ihm der kalte Schweiß aus. Inquisition. Exkommunikation. Exekution. Warum nur fielen ihm alle diese Begriffe ein. Linguistisch gesehen werden Fragen, die mit Ja oder Nein zu beantworten sind, Entscheidungsfragen genannt. Das konnte auf jene Frage, die ihm Anna gerade gestellt hatte, unmöglich zutreffen. Er musste sie nicht einmal ansehen, um zu wissen, was erwartet wurde. Offenbar waren in diesem Punkt alle Frauen, die er bisher kennengelernt hatte, gleich. Hatte er schon etliche Male erlebt, endete jedesmal im Desaster. Klassischer Double bind. Würde er mit Ja antworten, würde sie ihn schmallippig anfunkeln. „Ich habe gewusst, dass du mich anlügst!" Wäre die Antwort hingegen Nein: Drama. Braucht man nicht weiter auszuführen. Und dazwischen? In einem Dilemma wähle den dritten Weg. Sehr witzig. Das mochte vielleicht auf andere Dilemmata zutreffen, aber sicher nicht auf dieses. Auch keine Möglichkeit, denn irgendwie herumzureden würde nur noch bohrendere Fragen nach sich ziehen und schließlich in das münden, was er mit einem simplen Nein sofort haben konnte.

Unsicher blickte er sich um. Die beiden Cobra-Beamten in Zivil waren ihnen in einigem Respektabstand gefolgt. Dezent, unauffällig.

Warte hier auf mich. Ich bin sofort wieder zurück.

Gernot machte kehrt und wechselte ein paar Worte mit den Cobras. Wenig später waren sie verschwunden.

Ich habe sie weggeschickt. Ich habe ihnen versichert, dass ich jetzt für deinen Personenschutz verantwortlich bin.

Und wie lautet die Antwort auf meine Frage?

Das war die Antwort.

Er ergriff ihre Hand, zog sie an sich und küsste sie. Was hätte er weiter groß sagen sollen. Liebe, dieses inflationäre und mit großen Erwartungen befrachtete Wort. Er wusste ja selbst nicht, was das war, wie es sich anfühlte. Was er wusste, das war, dass er noch nie so gefühlt hatte wie in den letzten Wochen. Er wollte Anna, ganz, mit Haut, Haaren und allem, was sonst noch dazugehörte. Er wollte mit ihr zusammen sein, auf Dauer. Wenn das Liebe war, sollte es ihm recht sein. Anna erwiderte seinen Kuss. Da war es wieder, dieses unbändige Verlangen, das er so lange vermisst hatte. Von wegen Schmetterlinge im Bauch. Wenn überhaupt ein Tiervergleich gefragt war, dann war es bei ihm eher eine Herde galoppierender Wildpferde. War näher dran. Tiefer Graben 30. Hotel Orient stand da in hell erleuchteter Schrift auf einem Baldachin-artigen Vorbau, flankiert von zwei Blumentöpfen mit Grünzeug. Gernot öffnete die schwere Holztüre und zog Anna hinter sich her. Der Portier beim Empfang nickte ihnen freundlich lächelnd zu. Seine Frage, ob eine Flasche Sekt aufs Zimmer geliefert werden solle, bejahte er. Auf dem Weg nach oben zog Gernot sein Telefon aus der Tasche. Flugmodus. Nichts und niemand würde ihn heute Nacht stören.

Kapitel 47

Finzinger, Gernot, Anna

Havlicek wählte die Nummer von Finzinger. Zumindest ihn musste er informieren.

Gernot hier. Ich bin dann mal weg.

Darf ich Genaueres wissen?

Kurzfristiger Entschluss, mal eine kleine Auszeit zu nehmen. Die letzten Wochen waren etwas heftig. Ich bin die nächsten zehn Tage nicht erreichbar.

Ich habe schon mal ausführlichere Informationen von dir erhalten.

Nur so viel: Ich bin mit Anna unterwegs. Gestern habe ich mit Boder telefoniert. Sie haben zwar eine heiße Spur in der Causa Baden, aber sie konnten die Hintermänner noch nicht ausforschen. Wird wohl noch ein Weilchen dauern. In der Zwischenzeit verziehe ich mich mit Anna aus Wien. Ist für sie sicherer.

Heißt wohl, dass ich auf mich alleine gestellt bin. Ich werde dich vermissen.

Du hast schon mal besser gelogen. Sieh es positiv. Du hast freie Hand für alles. Du bist in meiner Abwesenheit der Chef. Kannst schon mal üben für später. Ich werde dich jedenfalls demnächst als meinen Nachfolger vorschlagen, wenn ich in Pension bin. 18 Jahre vergehen schnell. Wenn es was Dringendes gibt, schick mir eine SM. Ich rufe zurück.

Ich wusste gar nicht, dass du auf Sado-Maso unterwegs bist.

Kleine Nachhilfe: Short Message. War ursprünglich mal gedacht für Kurznachrichten. Hat sich nur völlig anders entwickelt. Und das Medium, das diese transportiert, heißt SMS – Short Message Service.

Phantastisch, was ich durch dich alles lerne. Viel Spaß wo auch immer.

Gernot hatte sich mit Anna in einer kleinen Pension am Weissensee in Kärnten einquartiert. Er hatte sich sehr kurzfristig zehn Tage Urlaub genommen, was nicht weiter schwierig war. Aus dem Vorjahr standen noch 25 Urlaubstage, die mussten verbraucht werden. Und für Anna war es ohnehin keine Schwierigkeit, Wien zu verlassen. Aufgrund der Vorfälle im Kurzentrum war sie aus Sicherheitsgründen vom Dienst freigestellt, und ihre Vernehmungen bei der SOKO Baden waren fürs erste abgeschlossen.

Gernot war vorsichtig gewesen. Er informierte niemanden, wohin die Reise ging. Seine Quartier-Recherchen im Internet wickelte er über startpage ab, eine Suchmaschine, die als einigermaßen sicher galt. Soweit es im Netz überhaupt so etwas wie Sicherheit gibt. Die Buchung der kleinen Pension direkt am See nahm er dann telefonisch vor. Er wollte das Risiko so klein wie möglich halten, dass jemand ihren Aufenthaltsort ausforschen konnte. Der Schutz von Anna hatte für ihn höchste Priorität. Den Weissensee als Ort für ihre gemeinsame Auszeit hatte er gewählt, weil ihm irgendwann mal eine Werbung untergekommen war. Hatte ihm gefallen, würde er vielleicht besuchen. Irgendwann. Jetzt war er mit Anna hier, weit genug von Wien entfernt, und doch nahe genug, um im Notfall in fünf Stunden in Wien sein zu können. Es würde keinen Notfall geben, Finzinger würde sich schon um die nötigen Dinge kümmern.

Spiegelglatt. Kein Lüftchen kräuselte die Oberfläche des Sees. Im schwindenden Tageslicht genossen sie auf ihrem kleinen Balkon ein Glas Wein, den Blick auf die umliegenden Berge gerichtet, deren Farbe sich nahezu im Minutenrhythmus veränderte. Die Abwesenheit von Wien tat ihnen gut. Es war ja schon eher eine Flucht gewesen, weg aus der brütenden Hitze und den Aufregungen der letzten Wochen. Hier war es kühl, das Wasser des Sees und die umliegenden Berge sorgten besonders nachts für Abkühlung.

Anna war eine ausgezeichnete Schwimmerin. Gernot fühlte sich mit ihr sicher, wenn sie den See überquerten, einmal hin, einmal zurück. Mit einer Rettungsschwimmerin und ausgebildeten Notärztin an der Seite, was sollte ihm da schon passieren. Anna hatte auch seine uralte Sehnsucht neu entfacht. Fliegen, das wollte er immer schon. Durch ihre Erzählungen von ihrer Tätigkeit bei der Flugrettung in Wien wurde ihm einmal mehr klar, wie sehr er seine Interessen und Sehnsüchte seinem Beruf untergeordnet hatte. Demnächst, ja demnächst würde er den Segelflugschein machen. Wenn die aktuell anstehenden Fälle erledigt waren, würde er Finzinger mehr Verantwortung übergeben. War ein fähiger Mann.

Das öffentliche Verkehrsmittel hier am See war 29 Meter lang, sieben Meter breit, hatte einen Tiefgang von etwas mehr als einem Meter und hörte auf den Namen Alpenperle. Auto: wozu. Mit dem Schiff Rundfahrt am See oder zum Ausgangspunkt einer Wanderung. Gipfelglück. Mit dem Schiff wieder zurück.

Im Kleinformat die Seekajaks ihrer Vermieter. Lautlos dahingleiten. Nahezu mit jedem Paddelschlag wechselte der See seine Farbe, von hellem Grasgrün über Türkis bis hin zu tiefem Smaragdblaugrün an den tiefsten Stellen. Schweben. Schwerelos.

Sex oder See. Die Entscheidung fiel ihnen schwer, jeden Tag wieder. Anna war nicht nur eine exzellente Schwimmerin und Sportlerin generell, sie war auch eine leidenschaftliche Liebhaberin. Gernot genoss in vollen Zügen. Er hatte mal eine Statistik gelesen, wie oft Herr und Frau Österreicher Sex pro Monat hatten. Die Zahlen hatte er vergessen. Die Frage war nur, wie gezählt wurde. Wenn er mit Anna im Bett war, fünf Stunden, sechs Stunden, als wieviele Male galt das dann. Irgendetwas konnte an dieser Zählweise nicht stimmen, Statistik hin oder her. War letztlich auch irrelevant. Schweben konnte man offenbar nicht nur auf dem Wasser. Oder im.

Am letzten Abend auf dem Weissensee poppte eine Nachricht von Finzinger auf.

Habe Neuigkeiten. Bitte um Rückruf.

So war es recht. Finzinger hatte seine Abwesenheit offenbar genützt, um in den Ermittlungen wegen der Fälscherbande weiterzukommen. Heute war aber ein Rückruf nicht drin, das hatte noch Zeit bis morgen. Der letzte Abend hier würde ihm und Anna gehören.

Kapitel 48

Finzinger, Havlicek

Havlicek hatte sein Büro noch gar nicht richtig betreten, da stürmte ihm Finzinger entgegen.

Ich war fleißig während deiner Abwesenheit.

Ich habe nichts anderes erwartet. Deine Beförderung muss aber noch warten.

Das Ergebnis der DNA-Untersuchung liegt vor. Ich habe Kleidung deines grausam verstorbenen Zimmernachbarn in der Kuranstalt organisiert und für die Untersuchung zur Verfügung gestellt. Das Ergebnis ist eindeutig: Die Hautreste unter den Fingernägeln von Borka sind zu 100 Prozent Hermann Bucher zuzuordnen. Borka hat ihn wohl ein bisschen gekratzt, bevor er selbst abgekratzt ist.

Das wars dann wohl. Können wir abhaken.

Und dann hat mir die Firma noch einen kleinen Ausflug nach Bratislava spendiert. Waren sehr umtriebig, die Kollegen dort.

Bin ganz Ohr.

Ich habe mich mit den Kollegen vom Betrugsdezernat kurzgeschlossen. Nachdem ich ihnen die Sachlage erklärt habe, waren sie der Meinung, wir sollten uns weiter um die Angelegenheit kümmern. Wo wir doch schon so viel investiert haben. Wäre einfacher.

Alles andere hätte mich auch gewundert. Die sind froh, dass die Sache nicht auf ihrem Tisch aufschlägt. Was hast du rausgefunden?

Die Sache mit den Lottoscheinen hat mich nicht losgelassen. Ist mir sehr eigenartig vorgekommen. Und ich glaube, dass sich der kleine Besuch in Bratislava gelohnt hat.

Du hast meine volle Aufmerksamkeit. Bin gut erholt.

Die Kollegen haben nämlich nicht nur Druckvorlagen für Lottoscheine sichergestellt, sondern auch Maschinenteile, die darauf hindeuten, dass ein entsprechender Drucker damit gebaut wurde.

Gratulation Finzinger, gute Arbeit. Was schlägst du weiter vor?

Da du gemeint hast, ich wäre der Chef während deiner Abwesenheit, war ich aktiv. Wir haben alle Lotto-Großgewinner der letzten paar Wochen in Österreich überprüft. War ein ordentliches Stück Arbeit. Überzeugungsarbeit. Bei den Österreichischen Lotterien wollten sie die Namen nicht rausrücken. Großes Geheimnis, Schutz der Gewinner und so. Erst als ich den Verantwortlichen klar machen konnte, dass die Lotto-Gesellschaft möglicherweise illegal um ein paar Millionen erleichtert worden ist, wurden sie kooperativ.

Und was ist das Ergebnis?

Zwei Männer und eine Frau.

Ich wollte von dir keine Informationen zu einem flotten Dreier.

Lotto-Großgewinner: zwei Männer, eine Frau. Einen der Männer und die Frau haben wir schon personentechnisch überprüft. Sind beide unauffällig. Nullachtfünfzehn-Biographien, gutbürgerliches Leben, Haus, Familie, Kinder.

Und der zweite Mann.

An dem sind wir gerade dran. Hat den größten Gewinn mit elfkommafünf Mille eingeheimst. Reisejournalist, sehr umtriebig, etliche Veröffentlichungen. Da ist nur etwas sehr Seltsames.

Schieß los.

Wir haben seine Meldeadresse überprüft. Die Wohnung, in der er gemeldet war, ist eine Airbnb Wohnung. Da sind jede Woche andere Leute drin. Der Typ ist nicht auffindbar.

Exzellente Arbeit Finzinger. Nächster Schritt?

Was schlagen Herr Chefinspektor vor?

Wir kontrollieren sämtliche Bahnhöfe, Flughäfen, Busverbindungen. Ich nehme mir alle elektronischen Reisebuchungen vor. Volle Kraft voraus, Finzinger.

Ay ay Käpt'n.

Kapitel 49

Havlicek, Wegener

Zufrieden lächelnd nahm Frank in der Reihe 11 Platz. Zu seiner Überraschung stellte er fest, dass es doch eine Reihe 13 gab. Qatar Airways. Andere Länder, anderer Aberglaube. Er wäre zu gerne mit der Austrian geflogen. Schließlich war er ja doch ein bisschen Patriot. Lufthansa-Beteiligung hin oder her. Doha wurde aber von der Austrian nicht angeflogen. Reihe 11, Platz C. Also Nummer 3. Gangplatz. Gleich zwei der Zahlen auf seinem Lottoschein. Ein gutes Omen. War ihm sehr recht, da konnte er seine Beine auf dem langen Flug, der vor ihm lag, immer wieder mal ausstrecken. Der Checkin hatte lange gedauert. Ziemlich lange Schlange am Schalter, viele Touris. Etwas nervös machte ihn die Passkontrolle. Nur ruhig, Frank, alles oke, du bist einer von vielen, die in den Urlaub oder sonstwohin fliegen. Etwas gelangweilt wirft der Beamte einen Blick auf den Pass.

Herr Wegener?

Ja.

Wohin fliegen Sie?

Nach Neuseeland, dann weiter in die Karibik.

Was ist der Grund Ihrer Reise?

Ich bin Reisejournalist. Palmen, Strand, Tauchen, Korallen, Delfine – Natur pur - Sie wissen schon.

Mit einem unverständlichen Murmeln erhält Frank das Reisedokument zurück. Gute Arbeit, der slowakische Fälscher versteht sein Handwerk. Sein neuer Pass hatte nach der Überprüfung durch die Lotto-Gesellschaft auch dieser

Kontrolle standgehalten. Jetzt noch Sicherheitscheck. Alles abgeben, was irgendwie metallisch ist. Gürtel. Uhr. Mobiltelefon. Das Taschenmesser ist im bereits eingecheckten Gepäck. Routinevorgang.

Alles hatte wie geplant funktioniert. Überprüfung des Lottoscheins, Check und Recheck, notarielle Beglaubigung. Die Wartezeit auf die Auszahlung des Lottogewinns nützte er, um gleich mehrere Konten in Steuerparadiesen anzulegen. Ein leises Vibrieren und das entsprechende Geräusch zeigte ihm an, dass die Triebwerke anliefen. Vorne stand eine Flugbegleiterin und spulte routiniert mit einem professionellen Lächeln auf den Lippen ihr Sicherheitsprogramm ab: Rauchverbot, Sicherheitsgurte anlegen, Gepäck sicher verstauen, Sauerstoffmasken, Schwimmwesten. Cayman Islands, Bahamas, Panama. Er hätte nicht gedacht, dass es so einfach sein würde, dort Konten zu eröffnen. Keine Fragen, keine Checks. Der Großteil seines Gewinns war bereits auf diesen Konten geparkt, einen Teil hatte er noch im Darknet in eine Kryptowährung investiert. Das Glück war ja gerade auf seiner Seite. Südsee, ich komme.

„... verzögert sich leider unser Start wegen eines technischen Defekts um einige Minuten ... bitten Sie um etwas Geduld!“ Die Durchsage des Kapitäns riss ihn aus seinen Gedanken. Was zum Teufel war denn jetzt wieder los. Von seinem Platz aus konnte er schemenhaft wahrnehmen, dass die Gangway, die bereits abgekoppelt gewesen war, wieder an den Flieger herangeschoben wurde. Hoffentlich würde der Defekt rasch behoben sein. Gelangweilt nahm er aus der Tasche des Vordersitzes eine der Zeitschriften und begann darin zu blättern.

Als er wieder aufblickte, stand vorne beim Eingang Havlicek, breitbeinig, unbeweglich, die Arme vor der Brust verschränkt. Ihre Blicke bohrten sich ineinander. Eine gefühlte Ewigkeit später löste Wegener unaufgefordert den Sicherheitsgurt, den er in Vorbereitung auf den Start der Maschine bereits angelegt hatte. Havlicek bewegte sich keinen Millimeter. Wortlos holte Wegener sein Handgepäck aus der Kabinenbox, stellte den kleinen Rollkoffer auf den Boden und ging auf Havlicek zu. Die Delfine würden wohl noch ein Weilchen auf ihn warten müssen.

Epilog

Der Kriminal-Roman meines Bruders war relativ weit fortgeschritten, als er mich das Fragment lesen ließ. Ich bestärkte ihn sehr in seinem Vorhaben, den Roman zu einem Ende zu bringen. Sein früher Tod hat das verhindert, und so habe ich ihn fertiggestellt. Ob es mir gelungen ist, im Stile meines Bruders weiterzuschreiben und die Lösung eine zufriedenstellende ist? Das lade ich Sie/dich, liebe*r Leser*in ein, selbst zu beurteilen! Ich habe das Original weitestgehend so belassen, wie es mir von Wolfgang übergeben wurde. Nur an einigen wenigen Stellen habe ich sehr behutsam Änderungen vorgenommen, die sich im Wesentlichen auf eine bessere Lesbarkeit beschränken.

Und es gibt etwas zu gewinnen für jene Leser*innen, die meine Frage richtig beantworten:

Ab welcher Seite bzw. welchem Kapitel des Romans wechselt die Autorenschaft von Wolfgang Lippert zu Karl Lippert?
Antworten bitte an meine E-Mail-Adresse klip@aon.at!

Die ersten drei richtigen Zusendungen erhalten einen Buch-Gutschein im Wert von EUR 50/30/20, gestaffelt nach dem Zeitpunkt des Einlangens!
Und alle, die sich an dieser Frage versuchen - auch jene, die vielleicht nicht den richtigen Tipp abgeben - erhalten von mir die Lösung!

Anhang:

Glossar

Aka: eine im Internet verbreitete Abkürzung für „also known as“, das übersetzt auf Deutsch „auch bekannt als“ bedeutet. Diese Abkürzung wird häufig im Zusammenhang mit realen Namen und Spitznamen verwendet (Wikipedia 28.1.2023)

Albertina (Wien): ein Kunstmuseum im 1. Wiener Gemeindebezirk, Innere Stadt. Sie beherbergt unter anderem eine der bedeutendsten grafischen Sammlungen der Welt. (Wikipedia 05.02.2023)

American Werewolf (Originaltitel: An American Werewolf In London): eine britisch-US-amerikanische Horrorkomödie aus dem Jahr 1981. Der Regisseur und Drehbuchautor ist John Landis, die Hauptrollen spielen David Naughton, Griffin Dunne und Jenny Agutter. (Wikipedia 28.1.2023)

Atemlos durch die Nacht: ein Lied der deutschen Schlagersängerin Helene Fischer. Das Stück ist die zweite Singleauskopplung aus ihrem sechsten Studioalbum Farbenspiel. (Wikipedia 29.1.2023)

Blechsemmerl: umgangssprachlicher Wiener Ausdruck für eine Dose Bier

Burenhaut, Kaisekrainer: eine Wiener Wurstspezialität, die es bevorzugt an Wiener Würstelständen zu essen gibt

Cerebral-Schatten, Person mit: umgangssprachlicher Wiener Ausdruck für geistig etwas träge Person

Cobra, Einsatzkommando: Das Einsatzkommando Cobra (kurz *EKO Cobra*; umgangssprachlich auch nur *die Cobra*) ist die wichtigste polizeiliche Sondereinheit in Österreich. Sie ist Teil der Direktion für Spezialeinheiten, die der Generaldirektion für die öffentliche Sicherheit beim Bundesministerium für Inneres direkt unterstellt ist. (Wikipedia 7.9.2023)

CSI: Vegas, bis einschließlich Staffel elf CSI: Den Tätern auf der Spur, war eine US-amerikanische Fernsehserie, die die Arbeit der Tatortgruppe der Kriminalpolizei bei der Beweis- und Spurensicherung schildert. Die Serie ist in Las Vegas angesiedelt und lief von 2000 bis 2015 in den Vereinigten Staaten auf dem Sender CBS. Dort erreichte sie höchste Einschaltquoten. Auch in Europa ist die Serie sehr beliebt. (Wikipedia 28.1.2023)

Dr. Jekyll und Mr. Hyde: ist eine Verfilmung der Erzählung *Der seltsame Fall des Dr. Jekyll und Mr. Hyde* des britischen Autors Robert Louis Stevenson (Wikipedia 30.1.2023)

Einer flog über das Kuckucksnest: Einer flog über das Kuckucksnest (englischer Originaltitel: One Flew Over the Cuckoo's Nest) ist ein US-amerikanischer Film von Miloš Forman aus dem Jahr 1975, der in einer geschlossenen psychiatrischen Anstalt spielt und davon handelt, wie ein Neuankömmling (Jack Nicholson) die dort herrschende Ordnung in Frage stellt und letztlich aus den Fugen geraten lässt. (Wikipedia 28.1.2023)

Falco: * 19. Februar 1957 als Johann Hölzel in Wien; † 6. Februar 1998 nahe Puerto Plata, Dominikanische Republik, war ein österreichischer Musiker. Sein Titel Rock Me Amadeus erreichte als bis heute einziges deutschsprachiges

Lied die Spitze der US-Billboard-Charts. (Wikipedia 30.1.2023)
Auswahl aus seinen Liedern: Der Kommissar, Jeanny, Ganz Wien, Vienna Calling, Emotional, Out Of The Dark, Wiener Blut, Helden von Heute, Mutter der Mann mit dem Koks ist da, Einzelhaft

Faszie (auch Fascie): bezeichnet die Weichteil-Komponenten des Bindegewebes, die den ganzen Körper als ein umhüllendes und verbindendes Spannungsnetzwerk durchdringen. Hierzu gehören alle kollagenen faserigen Bindegewebe, insbesondere Gelenkund Organkapseln, Sehnenplatten (Aponeurosen), Muskelsepten, Bänder, Sehnen, Retinacula sowie die „eigentlichen" Faszien in der Gestalt von „Muskelbinden" wie z. B. die Fascia thoracolumbalis, die den Musculus erector spinae strumpfartig umhüllt. (Wikipedia 29.1.2023)

Flusssäure: auch Fluorwasserstoffsäure genannt, ist die wässrige Lösung von Fluorwasserstoff (HF). Flusssäure ist eine farblose, stechend riechende, hochgiftige Flüssigkeit. Sie greift selbst Glas stark an und wirkt stark ätzend auf die Haut, die Schleimhäute und die Bindehaut der Augen, wobei schon eine geringe Exposition schnell zum Tod führen kann. Eine Lösung von 38,2 % HF in Wasser bildet ein azeotrop siedendes Gemisch mit einem Siedepunkt von 112 °C. Flusssäure wird, abhängig von der Konzentration, entweder in Behältern aus Kunststoff oder aus rostfreiem Stahl aufbewahrt. (Wikipedia 28.1.2023)

Freddy Quinn: österreichischer Schlagersänger und Schauspieler, *1931. Er hatte zwischen 1956 und 1966 zehn Nummer-eins-Erfolge in den deutschen Charts, verkaufte rund 60 Millionen Schallplatten und wurde zu dieser Zeit zum erfolgreichsten deutschsprachigen Sänger. Er ist seit vielen Jahrzehnten Wahlhamburger. (Wikipedia 28.1.2023)

Glasweckerl: umgangssprachlicher Wiener Ausdruck für eine Flasche Bier

Gracht(en): Die Gracht (Plural: Grachten) ist allgemein der niederländische Begriff für Kanal, Graben oder Wassergraben (Wikipedia 28.1.2023)

Guantanamo: Das Gefangenenlager Guantanamo gehört zur Guantanamo Bay Naval Base, einem Marinestützpunkt der US Navy in der Guantánamo-Bucht auf Kuba. Die Bereiche zur Unterbringung der Gefangenen sind Camp Iguana und Camp Delta. Letzteres ersetzt das mittlerweile geschlossene Camp X-Ray. Die Camp-Namen entstammen teilweise der NATO-Buchstabiertafel. Die Lager werden durch die Joint Task Force Guantanamo betrieben. Im Januar 2002 wurde in Folge der Anschläge vom 11. September 2001 und der darauffolgenden US-amerikanischen Invasion in Afghanistan begonnen, den Stützpunkt in ein Internierungslager für Gefangene zu erweitern, die von den US-Regierungen unter Bush und Obama bis März 2009 als ungesetzliche Kombattanten bezeichnet wurden. Damit war sowohl der Schutz der Vereinigten Staaten vor Terroristen als auch die Gewinnung geheimdienstlicher Erkenntnisse beabsichtigt. Die Rechtslage der Gefangenen, deren Haftbedingungen, die verwendeten Verhör- und Foltermethoden und die Verstöße gegen die Menschenrechte dort führen international zu scharfer Kritik und zu Forderungen nach Schließung. (Wikipedia 29.1.2023)

Hakuna Matata: ein Spruch aus der afrikanischen Sprache Swahili. Wörtlich übersetzt heißt er „Es gibt keine" (hakuna) „Probleme/Schwierigkeiten" (matata), oder freier „alles in bester Ordnung". Matata steht auch für Palaver, Schlägerei oder Streit. (Wikipedia 30.1.2023)

Hotel Orient (Wien): eines der ältesten Stundenhotels von Wien, 1. Wiener Gemeindebezirk Innere Stadt. (Wikipedia 05.02.2023)

Hundertwasserhaus (Wien): ist eine von 1983 bis 1985 erbaute Wohnhausanlage der Gemeinde Wien und befindet sich an der Ecke Kegelgasse 34–38 und Löwengasse 41–43 im 3. Wiener Gemeindebezirk, Landstraße. (Wikipedia 05.02.2023)

Impulsgalvanisation: ein Verfahren, bei dem der Gleichstrom in Serien von Impulsen aufgelöst wird (Schüttelfrequenzen) und der Schmerzblockade dient https://www.beste-gesundheit.at/wiki/wiki-details/impulsgalvanisation.html (Zugriff 25.9.2023)

ImPulsTanz (Wien): 1984 gegründet, hat sich ImPulsTanz zum größten Festival für zeitgenössischen Tanz und Performance entwickelt. Alljährlich präsentiert es im Sommer ein einzigartiges Sammelsurium aus Workshops, Research Projects und musikalischen Acts.

https://www.stadt-wien.at/veranstaltungen/festival/impulstanz-festival.html (Zugriff 05.02.2023)

Jontophorese: ein medizinisches Verfahren zur Resorption von Arzneistoffen durch die Haut unter Anwendung eines schwachen elektrischen Gleichstromes (Wikipedia 28.1.2023)

Methadon: ist ein vollsynthetisch hergestelltes Opioid mit starker schmerzstillender Wirksamkeit. Methadon ist reiner Agonist am μ -Opioid-Rezeptor und vermutlich am δ -Opioid-Rezeptor. Es hat als Heroin-Ersatzstoff im Rahmen von Substitutionsprogrammen seine Wirksamkeit bewiesen und wurde deshalb 2005 von der Weltgesundheitsorganisation (WHO) in die Liste der unentbehrlichen Arzneimittel der Weltgesundheitsorganisation aufgenommen. (Wikipedia 25.9.2023)

Qatar Airways: die nationale Fluggesellschaft Katars mit Sitz in Doha und Basis auf dem Flughafen Hamad International. Sie ist Mitglied der Arab Air Carriers Organization sowie der Luftfahrtallianz oneworld. (Wikipedia 28.1.2023)

Remote: Tätigkeit, die – digital - von überall aus erledigt werden kann und nicht an die Anwesenheit in einem Büro gebunden ist; Synonyme dafür: Homeoffice, Fernarbeit, ortsunabhängiges Arbeiten

SIG Sauer: Die SIG Sauer P320 ist eine Selbstladepistole des Herstellers SIG Sauer. (Wikipedia 29.1.2023)

Twin City Liner: Der Schnell-Katamaran Twin City Liner stellt seit dem 1. Juni 2006 eine Verbindung zwischen den Stadtzentren der österreichischen Hauptstadt Wien und der slowakischen Hauptstadt Bratislava auf der Donau dar. Wien und Bratislava sind in Europa die Hauptstädte mit der geringsten Distanz, verbunden durch die Donau. Die Fahrzeit beträgt 75 Minuten. (Wikipedia 29.1.2023)

Udo Jürgens: * 30. September 1934 als Jürgen Udo Bockelmann in Klagenfurt, Österreich, † 21. Dezember 2014 in Münsterlingen, Schweiz, ab 2010 bürgerlich Udo Jürgens Bockelmann, war ein Sänger, Komponist und Pianist. Er sang hauptsächlich auf Deutsch, aber auch auf Englisch, Französisch und Italienisch. Er besaß neben der österreichischen seit 2007 auch die Schweizer Staatsbürgerschaft. Mit über 105 Millionen verkauften Tonträgern war er einer der erfolgreichsten Unterhaltungsmusiker im deutschen Sprachraum. Seine Karriere erstreckte sich über nahezu 60 Jahre. Er ist stilistisch zwischen Schlager, Chanson und Popmusik einzuordnen und gewann mit „Merci, Chérie“ als erster Österreicher 1966 den Grand Prix Eurovision de la Chanson (heute Eurovision Song Contest). (Wikipedia 01.03.2023)

WEGA (Wiener Einsatzgruppe Alarmabteilung): Sondereinheit der österreichischen Polizei in der Bundeshauptstadt Wien https://aufnahme-polizei.at/wega/ (Zugriff 6.9.2023)

Werwolf: Ein Werwolf ist in Mythologie, Sage und Dichtung ein Mensch, der sich in einen Wolf verwandeln kann. Als Phänomen gehört er zum großen Komplex der Wertiere, der sich in Religion und Mythologie weltweit findet. (Wikipedia 28.1.2023)

Wolfgang Ambros: österreichischer Liedermacher und Rock-/Popsänger, *1952. Er zählt zu den bedeutendsten österreichischen Musikern der Gegenwart und gilt als einer der Begründer des Austropops. (Wikipedia 05.02.2023)

Wolfgang Lippert wird am 21.2.1961 in Wien geboren. Nach der Matura an einem Wiener Gymnasium versucht er sich in mehreren Studien, von denen er aber keines abschließt. Von einem guten Bekannten eingeladen arbeitet er sich autodidaktisch in das Management einer großen Software-Firma in Österreich ein. Über viele Jahre ist er für die Bereiche Finanzen und Personal verantwortlich und begleitet auch den Börsegang dieser Firma. Nach seinem Ausscheiden aus dem Unternehmen und weiteren verantwortungsvollen Tätigkeiten im Top-Management beschließt der glühende Kriminalroman-Fan, selbst einen solchen zu schreiben. Dieser sollte vorerst unvollendet bleiben, denn am 3. November 2020 verstirbt der Autor sehr plötzlich an einer unheilbaren Erkrankung. Das weit fortgeschrittene Manuskript hat der Bruder des Autors, Karl Lippert, fertiggestellt.

Karl Lippert wird am 16.3.1958 in Wien geboren. Er absolviert im Jahre 1976 die Reifeprüfung und studiert nach Ableistung des Präsenzdienstes an der Universität Wien die Fächer Deutsch und Leibeserziehung (nunmehr Bewegung & Sport). Über viele Jahre unterrichtet er beide Fächer an einem Wiener Privatgymnasium und macht berufsbegleitend die Ausbildung zum Personzentrierten Psychotherapeuten, die er 1995 abschließt. Diese Tätigkeit übt er bis auf Weiteres aus, als Lehrer ist er seit 2022 in Pension. Karl Lippert ist Autor zahlreicher Texte in verschiedenen Zusammenhängen, die bisher zumeist journalistischen Charakter hatten (Reiseberichte, Porträts, Satire) oder fachlich orientiert waren. An der literarischen Langform des Romans hat er sich, das Werk seines Bruders fertigstellend, erstmals versucht.

Für Unterstützung bei der Fertigstellung des Romans sei folgenden Personen herzlich gedankt:

Martina Bartalszky

Birgit Bauer

Martina Busch

Florian Klenk & Christian Reiter
(Falter Podcast Klenk & Reiter)

David Kostelnik

Christian Kugler

Heide Mitsche

Michael Schneider

Herbert Weininger